www.tredition.de

Cornelie Marian

Gott ist eine schwarze Frau

und andere Kurzgeschichten

www.tredition.de

© 2017 Cornelie Marian

Verlag und Druck: tredition GmbH, Grindelallee 188, 20144 Hamburg

ISBN
Paperback: 978-3-7439-7608-5
Hardcover: 978-3-7439-7609-2
e-Book: 978-3-7439-7610-8

Das Werk, einschließlich seiner Teile, ist urheberrechtlich geschützt. Jede Verwertung ist ohne Zustimmung des Verlages und des Autors unzulässig. Dies gilt insbesondere für die elektronische oder sonstige Vervielfältigung, Übersetzung, Verbreitung und öffentliche Zugänglichmachung.

www.tredition.de

Die Autorin

Cornelie Marian wurde am 25. Juli 1962 in Eberbach geboren. Sie lebt und arbeitet mit ihrem Mann und ihrem Sohn in dem schönen Neckartal. Geschichten schreiben war immer ein Hobby von ihr. Aber erst mit 50zig erfüllte sich der Traum die Geschichten zu veröffentlichen.

Gott ist eine schwarze Frau ist das dritte Buch der Autorin

1. Buch

Der Sinn des Lebens ist es, Menschen zu begegnen ist im R.G. Fischer Verlag erschienen ISBN 978-3-8301-1702-5/ auch als eBook erhältlich.

2. Buch

Wer Liebe ernten will, muss Liebe säen ist im Verlag tredition GmbH erschienen ISBN 978-3-7345-3977-0/ auch als eBook erhältlich

Danksagung

Das Buch ist den vielen Menschen gewidmet, die mich auf meiner Lebensreise begleiten und mich ermutigen weiter zu schreiben. Mein besonderer Dank gilt meinem Mann und meinem Sohn für ihre Liebe. Danke an meine Familie für ihre Unterstützung. Ich danke allen meinen Freundinnen/Freunden für ihre Treue.

Inhaltsverzeichnis

Gott ist eine schwarze Frau   10

Leben heißt Veränderung   27

Eine Psychologin ist auch nur eine Frau   56

Lebens Liebe   74

Niemand hat Schuld   96

Wach geküsst   116

Am Ende wird alles gut   134

Gott ist eine schwarze Frau

Aisha spielte mit ihrem Schulfreund Jusuf fangen. Sie war zu schnell für Jusuf. Bevor er sie packen konnte, sprang sie lachend über ein Wurzelstück. Jusuf sah die Wurzel zu spät und stürzte. Er schlug sich dabei sein Knie auf und fing an zu weinen. Aisha drehte sich, immer noch lachend, um und rief „Jusuf steh auf, du bist doch kein Mädchen." Sie sah nicht, dass das Knie blutete und neckte ihn weiter. Nun war Jusuf gekränkt und weinte noch lauter. Wie aus dem Nichts stand plötzlich Bin, Jusuf's Vater, da und schimpfte mit ihm. „Was bist du nur für ein dummer Junge! Wieso fällst du über eine Wurzel? Alle werden über meinen Sohn lachen. Steh sofort auf!" Jusuf rannen die Tränen herunter. An seinem rechten Knie klaffte eine tiefe Wunde. Unter den Wurzeln waren Dornen gewesen. Er hatte Angst, dass sein Vater ihn wieder schlagen würde, deshalb sagte Jusuf verzweifelt „Ich bin nicht gefallen, sie hat mich gestoßen!" Aisha war verwirrt, wieso log Jusuf? Sie sah zwar jetzt die Wunde und Jusuf tat ihr sofort leid aber dennoch wollte sie die Beschuldigung nicht akzeptieren. „Das ist nicht wahr Jusuf!" Sie suchte seinen Blick, aber er schaute zu Boden. Bin trat sofort zu Aisha und sagte drohend „Willst du damit sagen, dass mein Sohn ein Lügner ist!" Aisha trat einen Schritt zurück und sagte tapfer „Aber er hat gelogen. Ich habe ihn nicht gestoßen!" Bin war flink und gab Aisha eine harte

Ohrfeige. Durch den Schlag lief ihr sofort Blut aus der Nase und ihr war etwas schwindelig. Aber jetzt war sie wütend und sagte noch einmal „Er hat gelogen!" Bevor Jusuf etwas sagen konnte, stürzte sich Bin auf Aisha und schlug ihr hart ins Gesicht. Sie fiel unglücklich mit dem Kopf auf einen Stein. Dann war alles schwarz um sie herum und eine Ruhe überkam sie. Jusuf schrie nun verzweifelt „Vater hör auf! Es stimmt, ich bin nur gestürzt. Aisha hat nichts getan!" Aber da lag Aisha schon auf dem Boden und bewegte sich nicht mehr. Jusuf lief so schnell er konnte zu Aisha. „Aisha, kannst du mich hören? Du hast recht. Ich bin wirklich ein Lügner." Jusuf hatte Angst vor den Schlägen seines Vaters, aber jetzt hatte er Angst um Aisha. Daraufhin packte Bin seinen Sohn und schlug auf ihn ein. „Du bist ein Weichei. Frauen, die frech sind und nicht gehorchen muss man züchtigen." Er hatte gar nicht bemerkt, dass das Mädchen sich nicht mehr bewegte. Plötzlich hörten sie Aisah`s Mutter Sari schreien. „Lass Aisha in Ruhe! Wie kannst du es wagen meine Tochter zu schlagen? " Sie stürzte heran und bemerkte, dass Aisha bewusstlos war. „Schnell, ruft einen Krankenwagen, sie ist ohnmächtig und blutet!"

Als der Krankenwagen mit Aisha davon fuhr, gingen Bin und Jusuf nach Hause. Bin war ein jähzorniger Mann. Wenn ihm etwas nicht passte oder wenn er Angst hatte, dass ihn jemand schief anschauen könnte wurde er sofort wütend. Er war bei seinen Großeltern aufgewachsen nachdem die Eltern nach seiner Geburt ausgewandert sind und Bin zurückgelassen hatten. Der Großvater war mit der Auswanderung seines Sohnes nicht einverstanden gewesen und lies seine Enttäuschung darüber an Bin aus. Egal was der Junge machte, seinem Großvater konnte er es nie recht machen. Bei jeder Kleinigkeit wurde Bin geschlagen. Zu der Sehnsucht nach seinen Eltern, er hoffte immer, dass sie ihn eines Tages holen würden, kam die Enttäuschung über sein Leben. Er war gerade 14 Jahre alt als seine Großmutter starb, sie hatte immer gute Worte für ihn und half ihm wo sie konnte. Nun wurde es noch schlimmer mit dem Großvater. An seinem 15 Geburtstag schlug der alte Mann wieder viel zu fest zu und Bin schwor sich, seinen Großvater zu verlassen. Als dieser ein paar Tage später zum Einkaufen unterwegs war, packte Bin seine Habseligkeiten, nahm Geld und den Schmuck der Großmutter mit und wanderte los. Er wanderte eine Woche, sah sich jedes Dorf genauer an. Schließlich kam er in das Dorf, in dem er heute noch lebte. Bei einem Schreiner fand er Arbeit und mit dem Verkauf des Schmucks konnte er sich ein kleines Haus bauen. Als der Schreiner sah, dass Bin fleißig war, bot er ihm seine Tochter Tuman als Frau an. Bin verstand nichts von Gefühlen, aber er nahm sie zur Frau weil sie freundlich war. Mit ihr wollte er eine Familie gründen. Erst als Tuman mit Bin verheiratet war, erkannte sie, dass Bin ein enttäuschter Mann war, der schnell zornig wurde und dann zuschlug.

Nachdem Jusuf auf der Welt war, wurde er etwas milde. Aber je älter Jusuf wurde, desto öfter wurde auch er von seinem Vater geschlagen. Jusuf konnte es seinem Vater nie recht machen. Egal aus welchem Grund Bin ärgerlich wurde, entweder schlug er Jusuf oder Tuman. Es war kein schönes Leben für Jusuf und seine Mutter. Seine einzige Freude war Aisha. Und heute hatte er sie verloren. Sie würde ihm seine Lüge nie verzeihen. Nicht nach den Schlägen seines Vaters. Jusuf war traurig und verzweifelt.

Aisha schwebte zwischen Leben und Tod. Zuerst war alles ruhig. Sie dachte, sie würde schlafen. Dann spürte sie, dass etwas mit ihr gemacht wurde. Aber sie konnte ihre Augen nicht öffnen. Sie hörte Stimmen die sie nicht kannte. Jemand weinte. Dann war es ganz ruhig. Plötzlich wurde es hell und sie sah eine schwarze Frau. Sie kam lächelnd auf sie zu. „Hallo Aisha das ist schön, dass du mich besuchst." Aisha war verwirrt. Sie fragte „Wo bin ich? Und wer sind Sie?" Die nette schwarze Frau sagte lächelnd „Ich bin Gott und du besuchst mich gerade im Himmel." Aisha erschrak „Bin ich tot?" Die schwarze Frau, die behauptete Gott zu sein, lächelte freundlich. „Nein, du bist im Koma. Das ist ein Zustand zwischen den Welten." Aisha verstand zwar nicht wirklich was die Frau sagte, aber sie war schon zufrieden nicht gestorben zu sein. „Was ist passiert?" Die schwarze Frau sagte traurig „Bin hat dich so fest geschlagen, dass du zu Boden gestürzt bist und deinen Kopf auf einem Stein schwer verletzt hast. Dabei hat dein Kopf einen leichten Sprung bekommen und dein Gehirn wurde stark erschüttert. Jetzt liegst du im Koma. Ich habe alles gesehen und ich bin sehr traurig darüber." „Gott" setzte sich zu ihr. Aisha wollte wissen „Wieso hat er das getan?" Die schwarze Frau sagte „Er sah seine Ehre in Gefahr und er hatte Angst, dass du erzählen könntest, dass Jusuf ein Lügner ist." Aisha verstand nicht „Aber er ist ein Lügner!" Die schwarze Frau nickte „Ja, er hat gelogen, weil er sich vor den Schlägen seines Vaters fürchtete. Aber als du ohnmächtig am Boden lagst hat er seine Angst überwunden und sich auf seinen Vater gestürzt. Er hat ihn abgehalten weiter auf dich einzuschlagen. Sein Vater hat dann auf ihn eingeprügelt, aber Jusuf hatte keine Angst mehr und hat sich gegen ihn gestellt."

Aisha fragte „Woher weißt du das?" Die schwarze Frau sagte: „Ich bin Gott!" Dann strich sie über eine Wand und sofort kam ein Bild, wie im Fernsehen. Aisha sah, wie Jusuf seinen Vater von ihr wegzerrte. Sie hörte sogar was Jusuf sagte. Er hatte es also doch noch zugegeben. Sie sah die schwarze Frau an und sagte „Ich wusste nicht, dass Gott eine Frau ist!" Gott schmunzelte: „Ja, das ist ein Geheimnis des Himmels. Ich kann jede Gestalt annehmen. Heute bin ich eine schwarze Frau, weil ich mich gerade um einen afrikanischen Jungen gekümmert habe. Für ihn war es einfacher mich in seiner Hautfarbe zu sehen. Stört es dich?" Aisha schüttelte den Kopf. „Welches Geheimnis gibt es noch?" Gott wurde ernst: „Ich kann dir sagen was das Wichtigste ist im Leben!" Aisha sah Gott an und fragte „Und was ist das?" Gott nahm ihre Hand und sagte weich „Die

Liebe mein Kind. Nur die Liebe." Aisha wurde müde und Gott ließ sie erst einmal schlafen.

Als sie wieder erwachte, saß Gott immer noch an ihrem Bett und lächelte. „Na, hast du dich ein bisschen erholt?" Aisha nickte. „Kann ich eigentlich wieder zurück? Ich meine, lebe ich noch?" Gott sprach „Natürlich mein Kind. Deine Zeit auf Erden ist noch nicht abgelaufen. Du bist ein sehr mutiges und intelligentes Mädchen. Wie alt bist du Aisha?" Aisha schaute Gott erstaunt an „Wenn du Gott bist, dann weißt du doch wie alt ich bin!" Gott lachte „Du bist gerade 12 Jahre geworden und an deinem Geburtstag hat deine Mutter ein Festmahl gekocht. Dein Vater hatte eine Ziege geschlachtet, nicht wahr?" Aisha nickte. Langsam glaubte sie, dass das Gott war. Aber sie hatte so viele Fragen. „Wieso hat mich Bin so hart geschlagen? Warum war er so wütend?"

Gott war nun den Tränen nah „Ich war sehr traurig als ich das sah. Bin wurde als Kind von seinen Eltern verlassen und von seinem Großvater oft geschlagen. Er hat als Kind viel geweint und war verzweifelt, dass seine Eltern nicht wieder kamen um ihn zu holen. Bin hat nie erfahren was Liebe ist weil keiner liebevoll zu ihm war. Die gütige Großmutter konnte sich nicht gegen den zornigen Großvater durchsetzen, auch sie musste gehorchen. Der Großvater hatte ihm immer wieder erklärt, dass nur Männer etwas zu sagen haben und nur Männer wissen was richtig ist." Aisha fragte „Ist das so?" Gott schüttelte heftig den Kopf „Natürlich nicht. In jedem Buch Gottes steht, dass Frauen und Männer gleich sind. Das habe ich den Menschen auf Erden immer wieder gesagt. Aber einige Männer, wie Bin und sein Großvater, unterdrücken die Frauen. Das ist nicht Gottes Willen!" Aisha verstand. „Aber wieso tun sie das?" Gott überlegte „Weil es Menschen sind und Menschen machen Fehler. Wenn ein Mensch keine Liebe bekommt, kann er keine Liebe geben und er weiß nicht was Verstehen, Verzeihen und Vergeben ist. Dieser Mensch sucht nach Anerkennung und Wertschätzung. Er verwechselt Liebe mit Angst und Gehorsam. Wenn also jemand nicht seiner Meinung ist, dann hat dieser Mensch das Gefühl, dass er in diesem Moment keine Anerkennung und Wertschätzung bekommt. Und das macht ihn ohnmächtig und wütend. Diese Menschen leben in ständiger Angst etwas falsch zu machen oder andere könnten, wenn er wirklich etwas falsch macht, über ihn spotten. So eine Kränkung kann einen Menschen dazu bringen, zu töten." Aisha hatte genau zugehört. „Bin war wütend weil ich seinen Sohn einen Lügner genannt habe und dadurch war er gekränkt. Ist das so?" Gott nickte „Genau, Bin hatte Angst, dass andere über ihn lachen könnten, weil sein Sohn ein Lügner ist, der sich nicht gegen ein Mädchen behaupten kann. Für manche Männer ist das schlimmer als wenn du ihnen ihr Hab und Gut abnimmst. Sie haben keine Selbstliebe. Diese Männer haben im Grunde Angst vor Frauen, die keine Angst vor ihnen haben." Aisha sagte mit Überzeugung „Ich hatte keine Angst vor Bin. Bis jetzt!" Gott streichelte ihr über die Wange „Du musst auch weiterhin keine Angst haben vor ihm. Jusuf wird das nie wieder zulassen." Aisha wollte wissen „Woher weißt du das?" Gott sagte „Jusuf weiß, dass er einen Fehler gemacht hat und du dadurch zu großem Schaden gekommen bist. Er fühlt sich verantwortlich für das Geschehene. Er schämt sich, dass er vor lauter Angst gelogen hat. Jusuf will nie wieder Angst haben vor seinem Vater. Und das wird er auch nicht mehr, weil er viel zu wütend auf ihn ist."

Aisha fragte „Ist das gut, dass er wütend ist?" Gott verneinte „Nein, er ist in Wirklichkeit auf sich selbst wütend, weil er nicht die Verantwortung für sein Tun übernommen hat. Aber das weiß er nicht." Aisha wollte noch mehr wissen „Wie kann ich ihm helfen?" Gott lächelte wieder „Indem du Jusuf und Bin verzeihst. Auch wenn es schrecklich für dich war, kannst du vielleicht in deinem Herzen spüren, dass Verzeihen besser ist als wütend zu sein." Aisha nickte. Gott setzte sich zu ihr „Ich sage dir wie es geht. Lege deine Hand auf dein Herz und frage dich ob du verzeihen kannst oder wütend sein willst?" Aisha legte die rechte Hand auf ihr Herz und überprüfte ihre Gedanken. Nach einiger Zeit sagte sie „Ich möchte verzeihen. Als ich wütend war hat mein Herz heftig geschlagen und es fühlte sich nicht gut an." Gott war zufrieden mit Aisha. „Genau, wenn du verzeihen kannst, rettest du in erster Linie dich selbst. Denn Menschen die immer mit Angst oder Wut leben, sind traurige Menschen die keine Freude in ihrem Leben kennen. Und irgendwann werden sie auch krank. Denn Kränkungen die man nicht verzeihen kann, machen krank!" Aisha verstand. „Wie kann ich ihnen verzeihen?" Gott lächelte das gute Kind an „Indem du laut sagst. Ich verzeihe dir Jusuf. Ich verzeihe dir Bin. Dann höre hinein in dein Herz. Fühlst du wie sich die Wut in Mitgefühl wandelt? Irgendwann kann sich das Mitgefühl dann in Freundschaft wandeln und manchmal in Liebe." Aisha fand das schön. Sie legte ihre Hand auf das Herz, schloss die Augen und sagte laut „Jusuf, ich verzeihe dir." Und nach einem kurzen Augenblick „Bin, ich verzeihe dir." Dann schlug sie die Augen wieder auf und schaute Gott an „Ich spüre es ganz deutlich. Der Groll ist weg, ich fühle etwas anderes. Es fühlt sich gut an." Gott war wieder zufrieden. „Wenn du etwas wartest fühlst du noch etwas!" Aisha wartete.

Sie dachte an Jusuf und an Ben. Und plötzlich musste sie weinen. Gott strahlte. „Du hast es gespürt, nicht wahr?" Aisha weinte und nickte. „Ist es die Liebe?" Gott nahm sie behutsam in den Arm und lies sie weinen. „Ja mein Kind, es ist die Liebe die du spürst. Sie kann einen überwältigen." Aber es waren Tränen der Freude. Aisha hatte keine Angst und keinen Groll mehr. Sie fühlte sich leicht und freudig. Gott hielt sie immer noch im Arm. „Mit diesem Gefühl der Liebe lasse ich dich wieder zurück zur Erde. Deine Eltern warten schon seit zwei Tagen, dass du wieder aufwachst. Gib der Liebe und dem Verständnis immer eine Chance. Vergiss das nicht. Ich werde immer auf dich aufpassen, du musst dich nicht sorgen." Aisha verabschiedete sich von Gott.

Als sie die Augen aufschlug, sah sie ihre Eltern. „Mama, Papa, ich bin wieder da!" Ihre Eltern weinten vor Freude. „ Gott hatte erbarmen und dich noch nicht zu sich geholt. Unsere Gebete wurden erhört." Aisha nahm die Hand ihrer Mutter und sagte leise. „Ich habe Gott besucht und er hat mir erklärt was wirklich wichtig ist im Leben." Ihre Mutter schaute sie verständnislos an aber Aisha sprach weiter „Gott hat gesagt, dass das wichtigste im Leben die Liebe ist. Dass Verständnis und Verzeihen wichtig sind um glücklich zu sein." Sari sah ihren Mann an. Hassan nickte. „Da hat Gott recht. Wir lieben dich mein Kind." Aisha drückte ihre Eltern ganz fest an sich und meinte schon munterer „Stellt euch vor, ich habe wirklich Gott getroffen. Und wisst ihr was! Gott ist eine schwarze Frau!" Sari und Hassan mussten herzlich lachen. Ihre Aisha hatte schon immer eine blühende Fantasie. Hauptsache sie wird wieder gesund, alles andere war ihnen egal. Selbst wenn Gott eine schwarze Frau wäre.

Am nächsten Tag erzählte Sari, dass Jusuf bei ihnen war und fragte ob er Aisha besuchen dürfte. Aisha strahlte ihre Mutter an. „Aber natürlich darf er mich besuchen. Ich freue mich auf ihn." Sari wusste nicht was sie sagen sollte. „Aber er ist doch schuld, dass Bin dich so geschlagen hat." Aisha nahm die Hand ihrer Mutter „Mama, Jusuf hatte einfach Angst vor seinem Vater. Er hat nicht gewollt, dass das passiert. Schick ihn so schnell wie möglich zu mir." Sari wunderte sich über ihr kluges, freundliches Mädchen.

Am Nachmittag klopfte es leise an die Zimmertür. Aisha war gerade eingenickt und wusste nicht gleich woher das Klopfen kam. Aber dann ging langsam die Tür auf und Jusuf erschien. Sie lächelte als sie ihn sah. „Hallo Jusuf, komm doch herein." Jusuf fiel vor ihrem Bett auf die Knie und sagte „Kannst du mir verzeihen? Durch meine Schuld bist du so verletzt worden!" Aisha strich ihm über die Haare. „Komm steh auf, natürlich verzeihe ich dir." Er schaute sie langsam an und sie sah, dass er geweint hatte. Sie hatte so viel Mitgefühl für ihn. „Es tut mir leid wenn ich dir Sorgen gemacht habe." Jusuf schüttelte den Kopf. „Es muss dir nicht leid tun. Nie wieder werde ich ein Feigling sein! Ich werde ab sofort immer Verantwortung übernehmen. Das habe ich jetzt gelernt." Aisha lachte „Dann war es ja auch für etwas gut." Jusuf schüttelte heftig den Kopf „Das war für gar nichts gut. So etwas darf nicht passieren."

Aisha war wirklich nicht mehr böse. „Weißt du Jusuf, als ich im Koma lag, habe ich Gott getroffen und sie hat mir erklärt warum dein Vater so wütend war. Ich habe ihm mit Gottes Hilfe verziehen." Jusuf war irritiert. „Wieso sagst du Gott und sie?" Jetzt lachte Aisha laut „Weil Gott eine schwarze Frau ist!" Jusuf lachte jetzt auch, weil er dachte, das war ein Witz.

Aber Aisha erzählte ihm von ihrem Abenteuer im Himmel. Jusuf wurde ganz still. „Wenn das wirklich wahr ist, dann kann ich meinem Vater auch verzeihen." Aisha sagte leise „Du kannst es bestimmt. Schau, lege deine Hand auf dein Herz und dann sage laut -Vater, ich verzeihe dir-." Jusuf legte seine Hand auf sein Herz und sagte „Vater ich verzeihe dir." Er schloss dabei seine Augen und wollte in sein Herz fühlen, so wie Aisha es gesagt hatte. Als er die Augen öffnete füllten sie sich mit Tränen. Aber er schluckte sie tapfer hinunter. Aisha lächelte ihn glücklich an. „Du hast es auch gespürt nicht wahr? Dieses Gefühl nennt man Liebe." Jusuf hatte es gefühlt und augenblicklich war seine Wut verschwunden. Es machte Platz für ein anderes Gefühl. Für Liebe.

„Mein Vater geht nicht mehr aus dem Haus seitdem du ins Krankenhaus gekommen bist. Alle Nachbarn schimpfen über ihn und ich habe am lautesten mit ihm geschimpft. Als er mich schlagen wollte habe ich gesagt –wenn du mich schlägst, schlage ich zurück- dann ist er in die Scheune gegangen. Seitdem spricht er mit niemanden mehr." Aisha sagte „Das tut mir sehr leid. Sage ihm, dass ich ihm nicht böse bin. Vielleicht möchte er mich besuchen?" Jusuf wollte es seinem Vater sagen. Er war gespannt wie sein Vater darauf reagieren würde.

Als Jusuf nach Hause kam stand sein Vater an der Tür. Tuman hatte ihm erzählt, dass Jusuf ins Krankenhaus gegangen war. Er fragte „Wie geht es

Aisha? Wird sie wieder gesund?" Jusuf nickte „Sie sagte, dass sie dir nicht böse ist und ob du sie besuchen möchtest?" Bin wurde blass. „Warum soll ich sie besuchen? Sie wird doch wieder gesund?" Jusuf sagte „ Ich soll dir sagen, dass sie dir verzeiht und ich verzeihe dir auch." Bin sah seinen Sohn an. Er verstand das nicht. Wieso wollte Aisha ihm verzeihen nachdem er sie so geschlagen hatte? Ob das eine Falle ihres Vaters war? Wollte er ihn am Krankenbett seiner Tochter beschämen? Jusuf spürte die Unsicherheit und Angst seines Vaters. „Aisha hat auch ihre Eltern gebeten dir zu verzeihen. Sie meint es ernst." Bin verstand das immer noch nicht. Er schüttelte den Kopf.

Jusuf sagte „Als sie im Koma lag hat sie Gott getroffen. Gott sagte ihr, dass alle Menschen Verständnis, Anerkennung, Wertschätzung und Liebe verdienen." Bin sah Jusuf an. Liebe? Anerkennung? Verständnis? Wer hatte je so ein Gefühl für ihn? Liebte ihn sein Sohn oder seine Frau? Liebte er einen Menschen? Ja, er liebte seinen Sohn und er mochte seine Frau. Sie war eine gute Frau. Jusuf sagte leise „Die meisten Menschen haben Angst vor dir, aber heute als ich bei Aisha war und sie mir zeigte, wie ich dir verzeihen kann, da habe ich das erste Mal ein neues Gefühl erlebt. Es war das Gefühl von Liebe." Und zögerlich sagte er schließlich „Ich hab dich lieb, Papa." Bin nahm seinen Sohn fest in den Arm und sagte leise „Ich liebe dich auch mein Sohn. Es tut mir leid was ich getan habe. Bitte verzeih mir." Jusuf drückte seinen Vater fest an sich „Ich habe dir schon vergeben. Aisha hat mir gezeigt wie es geht."

Bin dachte noch lange über das Wort Liebe nach. Er hatte heute, als sein Sohn von diesem Gefühl sprach, es wirklich selbst gefühlt. Er war voll Liebe für ihn und er spürte das erste Mal in seinem Leben, dass es einen Menschen gibt, der ihn liebt. Es hatte ihn überwältigt und er musste sich mächtig zusammen nehmen. Auf dem Weg zur Scheune schüttelte er immer wieder den Kopf. Er hatte das Mädchen fast tot geschlagen und sie spricht von Liebe. Bin war überzeugt, dass sie wirklich Gott getroffen hatte. Jusuf hat natürlich nicht erwähnt, dass Gott eine schwarze Frau war!

Zwei Tage später hatte Bin den Mut Aisha im Krankenhaus zu besuchen. Jusuf begleitete ihn. Als sie in das Krankenzimmer kamen, saßen Hassan und Sari am Bett. Hassan stand bedrohlich auf aber Aisha sagte sanft „Bin, Jusuf, das ist schön, dass ihr mich besucht. Kommt doch herein." Hassan wich etwas zurück damit Bin und Jusuf näher kommen konnten. Bin streckte Hassan die Hand hin und sagte „Es tut mir sehr leid was ich getan habe." Hassan schaute Aisha an. Als diese lächelnd nickte, nahm er die Hand. „Du kannst von Glück reden, dass sie wieder gesund wird" sagte Hassan. Bin nickte und gab auch Sari die Hand. „Sari?" Es fiel ihm schwer sie um Verzeihung zu bitten. Sari gab ihm die Hand und nickte. Sie sagte nichts. Dann ging Bin zu Aisha. Er streckte ihr die Hand zu und sagte „Aisha, es tut mir leid." Aisha nahm seine Hand in die ihre und lächelte ihn an. „Ich habe dir bereits verziehen Bin. Schön, dass du gekommen bist." Jusuf gab zuerst Sari, dann Hassan und dann Aisha die Hand. Er hat seinen Vater noch nie so erlebt und war froh, dass Aisha wieder gesund wird.

Bin setzte sich zu Aisha und sagte „Ich habe gehört, dass du ein ganz bestimmtes Buch haben möchtest." Er schaute seinen Sohn an. „Jusuf hat es mir erzählt." Dann holte er aus seiner Aktentasche ein großes Päckchen und gab es Aisha. Aisha freute sich und packte es sofort aus. Es war ein Welt-Atlas. Aisha wollte schon immer wissen wie die Welt aussah und wenn sie Zeit hatte, blätterte sie im Welt-Atlas in der Schule. Ihre Eltern waren arm und konnten sich so ein Buch nicht leisten. Sie war überwältigt von dem großzügigen Geschenk und lachte glücklich. „Ist das wirklich für mich? Mein eigener Welt-Atlas?" Sie konnte es nicht fassen. Bin und Jusuf nickten nur. Aisha nahm die Hand von Bin noch einmal in die ihre und sagte „Vielen Dank Bin, damit hast du mir eine große Freude gemacht." Sie strahlte alle Anwesenden an und Sari schaute gleich mit Aisha in den Atlas. Sie zeigte ihrer Mutter wo ihre Heimat Afghanistan war und welche Länder sie einmal besuchen wollte. Hassan nickte Bin zu und sagte auch „Danke". Dann verabschiedeten sich Bin und Jusuf wieder.

Als sie am Abend wieder zu Hause waren sagte Bin zu Jusuf. „Es ist gar nicht so schwer freundlich zu sein." Jusuf klopfte ihm auf die Schulter „Das hast du gut gemacht heute. Hast du die Freude gespürt, die Aisha hatte. Das ganze Zimmer hatte plötzlich eine gute Stimmung." Bin nickte. „Das habe ich auch gespürt und es fühlte sich gut an. Ich mag mich nicht wenn ich wütend bin. Ich bin froh, dass du mir noch eine Chance gibst." Jusuf lächelte „Aisha sagte, Gott gab dir noch eine Chance. Und wenn Gott es kann, dann kann ich es auch." Bin nahm seinen klugen Sohn in den Arm. Als seine Frau Tuman ins Zimmer kam, schaute sie ungläubig von Jusuf zu Bin. Bin lächelte ihr zu und sagte: „Es gibt keinen zornigen Bin mehr, Tuman. Ich will ein besserer Mann, ein besserer Mensch werden." Dann stand er auf und nahm zögerlich seine Frau in den Arm.

Das hatte er noch nie getan und Tuman wusste nicht wie sie sich verhalten sollte. Sie stand einfach nur da und lies es geschehen. Jusuf lachte und ging auf seine Eltern zu. Er nahm die Arme seiner Mutter und legte sie auf die Schulter seines Vaters. Bin schaute seine Frau lange an: „Du bist eine gute Frau, danke." Sie schaute zuerst Jusuf und dann Bin an. So etwas hatte sie noch nicht erlebt. Und als nichts schlimmes passierte, lächelte sie auch und erwiderte seine Umarmung. Bin küsste sie auf die Wange. Jusuf fand es lustig, wie sein Vater versuchte zärtlich und freundlich zu seiner Mutter zu sein. Das wird er wohl noch üben müssen. Als Tuman sagte, sie wird sich jetzt um das Abendbrot kümmern, lies Bin sie wieder los. Er setzte sich an den Tisch und sah seinen Sohn an. „Ich wusste nicht, dass Freundlichkeit ein gutes Gefühl ist. Das habe ich nie erfahren." Dann erzählte er ihm von seiner Kindheit bei den Großeltern. Als er geendet hatte, nickte Jusuf. Er legte seine Hand auf die Hand seines Vaters. Er spürte den Schmerz seines Vaters und verstand nun seine Wut auf die Welt. Bin und Jusuf waren Gott dankbar, dass er zu Aisha sprach um sie alle zu versöhnen. Jusuf hatte jetzt keine Angst mehr vor seinem Vater. Die Angst hatte Platz gemacht für Vertrauen und Mitgefühl.

Und für die Liebe

Leben heißt Veränderung

Petra stand vor dem Geldautomaten und überlegte, was sie noch alles besorgen musste, als ihre Aufmerksamkeit auf das Display gelenkt wurde. Da stand: Ihr Limit ist erreicht. Was sollte das denn? Genervt nahm Petra ihre EC-Karte und ging in die Bank. Sie steuerte direkt auf ihren Kundenberater, Herrn Baier, zu. Als er sie sah stand er sofort auf und kam ihr entgegen. „Guten Morgen Frau Glanz, was kann ich für sie tun?" Petra gab ihm die Hand und kam gleich zur Sache. „Herr Baier, ich war gerade am Geldautomaten. Da stand, dass das Limit erreicht sei. Meine Karte ist wohl defekt?" Herr Baier bat sie in sein Zimmer und schloss die Tür. „Bitte setzen Sie sich Frau Glanz." Petra setzte sich. Als sie in Herr Baiers Gesicht sah, wusste sie, dass etwas nicht stimmte. „Frau Glanz, hat ihr Mann nicht mit Ihnen gesprochen?" Petra schüttelte den Kopf. „Mein Mann ist seit Montag auf Geschäftsreise. Was hätte er mir denn sagen sollen?" Herr Baier wurde blass. „Ich möchte Ihnen nicht zu nahe treten und ich kann nicht glauben, dass Ihr Mann Sie nicht informiert hat." Petra bekam Herzklopfen. „Herr Baier, was sollte ich wissen?" Er nahm seine Brille ab und sagte leise „Ihr Mann hat am Montag Insolvenz angemeldet. Es tut mir sehr leid aber ich darf Ihnen kein Geld auszahlen." Petra schüttelte den Kopf „Herr Baier, das ist ein schlechter Scherz. Mein Mann hat gerade wieder einen Großauftrag aus Saudi-Arabien bekommen. Ich habe die Verträge gesehen!" Herr Baier setzte die Brille wieder auf. „Frau Glanz, das ist mir sehr unangenehm aber in Anbetracht dessen, dass Ihr Mann Sie in Unkenntnis gelassen hat, muss ich Ihnen wohl die Wahrheit sagen. Das Geschäftskonto zeigt ein Minus von ca. Euro 200.000,00 und Ihr Privatkonto ein Minus in Höhe von Euro 65.254,52 aus. Sie sollten sich so schnell wie möglich mit Ihrem Mann unterhalten." Jetzt war Petra geschockt. Das konnte doch nicht wahr sein! Achim hätte doch etwas gesagt oder zumindest angedeutet. Sie konnte nicht glauben was Herr Baier da sagte. Es kam immer mal wieder vor, dass Achim ein kurzfristiges Darlehen brauchte und dann ihr Privatkonto plünderte. Aber nach kurzer Zeit zahlte er das Darlehen wieder zurück.

Sie verabschiedete sich von Herr Baier und rannte zu ihrem Auto. Als sie im Auto saß, rief sie zuerst ihren Mann an. Aber er hatte keinen Empfang. Das hatte er am Montag gesagt. Sie überlegte was er genau sagte, als er am Montagmorgen das Haus verließ. Achim gab ihr wie immer einen Kuss und sagte „Mach´s gut. Ich liebe dich. Vergiss das nicht." Sie war wie elektrisiert. Dann rief sie ihren Steuerberater an. „Meininger", Klaus war gleich selbst am Apparat. „Hallo Klaus, hier ist Petra. Ich war gerade bei der Bank und man sagte mir, dass Achim Insolvenz angemeldet hat. Weißt du etwas darüber?" Sie hörte wie Klaus tief einatmete. „Hat Achim nicht mit dir gesprochen? Ich meine, das musst du doch wissen!" Petra wurde es schwindelig „Klaus, Achim ist seit Montag auf Geschäftsreise. Ich hatte keine Ahnung! Oh, mein Gott was ist denn hier los?" Petra fing an zu weinen. Sie konnte das alles nicht verstehen. Klaus meinte, sie solle sich beruhigen und erst einmal zu ihm in die Kanzlei kommen. Sie fuhr sofort los.

Als sie das Büro betrat kam ihr Klaus schon entgegen. „Petra, komm setz dich." Ihr war jede Farbe aus dem Gesicht gewichen. Klaus gab ihr ein Glas Wasser. „Klaus, bitte sag mir die Wahrheit." Klaus stöhnte und holte eine Akte hervor. „Es stimmt! Achim hat am Montagmorgen, bevor er nach Riad flog, Insolvenz angemeldet. Er hat bei der letzten Produktion der Bettwäsche und Handtücher für das Königshaus einen günstigere Goldgarn genommen als sonst. Dadurch war die gesamte Produktpalette für das Königshaus in einer schlechteren Qualität als üblich. Sie haben die Ware nicht angenommen und auch nicht bezahlt. Das war sein einziger Kunde seit drei Jahren. Er war völlig von den Saudis abhängig. Achim hatte die neue Ware schon produziert bevor die letzte Lieferung bezahlt war. Leider hat er immer so knapp kalkuliert, dass er einen Zwischen-Kredit aufnehmen musste. Die zweite Lieferung war den Saudis auch nicht gut genug. Am Montag hat er zwar Insolvenz angemeldet aber er hofft, dass die Königsfamilie ihn empfängt und wenigstens einen Teil der Ware bezahlt. Er will sie überzeugen, dass er die Ware mit dem guten Garn ausbessern kann. Wenn er einen neuen Auftrag bekommt, dann kann er die Insolvenz abwenden. Wenn nicht, dann kann er am Monatsende die Pacht der Betriebshalle und die Gehälter nicht mehr bezahlen." Petra starrte Klaus an. „Was bedeutet das für uns?" Klaus wollte ehrlich sein. „Petra, so wie die Sache aussieht kommt ihr mit einem blauen Auge davon." Petra wollte alles genau wissen. „Es werden wahrscheinlich, wenn die Gläubiger ihm nicht entgegenkommen Euro 200.000,00 Schulden übrigbleiben. Ihr müsst vielleicht euer Haus verkaufen denn die Raten könnt ihr nicht mehr aufbringen. Das Haus ist in einer guten Wohngegend. Wenn ihr Glück habt und einen guten Preis erzielt, dann sind es weniger Schulden." Klaus war das alles sehr unangenehm. Er überlegte, wieso Achim nicht mit Petra gesprochen hatte? Wollte er wirklich damit warten bis er Donnerstag zurückkommt, weil er dachte er könnte die Insolvenz aufhalten?

Petra war verzweifelt. Ihr Haus verkaufen? Sie wusste nicht was sie denken oder fühlen sollte. Ihr ganzes Leben ging gerade den Bach hinunter und sie konnte nichts dagegen tun. Wieso hatte Achim nicht mit ihr darüber gesprochen? Warum hatte er ihr nicht die Wahrheit gesagt? Wie konnte er sie in so eine Situation bringen? Sie trank das Glas Wasser leer und verabschiedete sich von Klaus. Er hatte zwar Bedenken ob sie fahren konnte, aber sie wollte jetzt so schnell wie möglich nach Hause.

Zu Hause versuchte sie wieder Achim zu erreichen. Aber wie schon zuvor kam keine Verbindung zustande. Sie rief im Büro an und fragte die Sekretärin in welchem Hotel Achim übernachtete. Aber Frau Klein sagte, Achim hätte die Reise dieses Mal selbst gebucht. Petra musste sich setzen, ihr wurde ganz anders. Was ist wenn die Königsfamilie nicht bezahlt? Sie schaute sich in ihrem Haus um. Sie lebten erst seit fünf Jahren in diesem wunderschönen Haus. Endlich hatte Petra die Küche bekommen, von der sie immer geträumt hatte. Das Haus war lichtdurchflutet und modern gestaltet. Alle Freunde und Bekannte beneideten sie um dieses schöne Haus mit dem großen Garten. Sie ging auf die Terrasse und bewunderte das Anwesen. Aus! Vorbei! Von heute auf morgen, alles vorbei! Endlich kamen die Tränen. Dann schleppte sie sich ins Bad und wusch ihr Gesicht. Wenn die Kinder am Nachmittag nach Hause kamen sollten sie nicht merken wie es ihr ging.

Mit viel Kraftaufwand hatte Petra noch etwas gekocht. Lisa und Marie kamen freudestrahlend nach Hause. Lisa freute sich über ihre gute Note in Deutsch und Marie, weil sie eine Einladung zu einer Party am Samstag bekommen hatte. Beide redeten drauf los. Petra konnte ihnen gar nicht folgen. Sie zerbrach sich den Kopf wie es mit Achims Geschäft so weit kommen konnte. Marie bemerkte, dass ihre Mutter etwas bedrückte. „Mama! Ist alles in Ordnung mit dir? Du hörst gar nicht zu?" Petra atmete tief ein und sagte „Lisa, Marie! Ich muss euch etwas sagen." Aber als sie die Gesichter ihrer Töchter sah, verließ sie der Mut. Sie dachte trotzig, soll Achim ihnen selbst sagen, dass wir das Haus verkaufen und in Zukunft sparen müssen. Deshalb sagte sie nur. „Ich habe mir überlegt wieder arbeiten zu gehen. Ihr seid jetzt schon so groß und selbständig." Lisa und Marie schauten sie fragend an. Lisa fragte „Aber wer kocht dann für uns und fährt uns mittags zum Klavierunterricht oder zum Reiten?" Petra hatte noch gar nicht an die Klavier und Reitstunden gedacht. Oje, da kam noch etwas auf sie zu. Petra nahm sich zusammen und sagte lächelnd „Das werden wir am Wochenende mit eurem Vater besprechen. Okay!" Marie war gleich zickig. „Auf keinen Fall fahre ich mit der S-Bahn bis zum Pferdehof! Da bin ich ja fast eine Stunde unterwegs, das kannst du vergessen! Was sagt eigentlich Papa dazu, dass du wieder arbeiten gehen willst?" Petra wurde wütend. Aber sie besann sich gleich wieder. Die Kinder können nichts dafür. „Marie, wir besprechen das am Wochenende." Nach dem Essen gingen die Mädchen auf ihr Zimmer und machten Hausaufgaben. Petra fuhr zu ihren Eltern.

Elvira und Karl Schneider freuten sich über den überraschenden Besuch ihrer Tochter. Sie hatten sie in der letzten Zeit nicht so oft gesehen. „Hallo mein Schatz, schön dass du uns besuchst. Komm setz dich, wir trinken gerade einen Kaffee." Petra setzte sich zu ihren Eltern auf die Terrasse. Ohne Umschweife sagte sie „Wir sind pleite!" Elvira und Karl dachten, sie hätten nicht richtig gehört. Karl fragte

„Wie meinst du das?" Petra fing an zu erzählen. „Ich wollte heute Morgen am Geldautomaten Geld holen. Aber das Konto war überzogen. Als ich unseren Kundenberater darüber informierte, sagte er mir, dass Achim am Montagmorgen Insolvenz angemeldet hat!" Ihre Eltern sahen sich erstaunt an. Sie sprach weiter „Ich wusste es nicht! Achim hat am Montag, bevor er nach Riad geflogen ist, Insolvenz angemeldet und mir nichts davon gesagt. Heute ist Mittwoch und er hat sich noch nicht mal gemeldet. Von der Bank bin ich direkt zu Klaus gefahren, unserem Steuerberater, der mir bestätigte, dass es stimmt. Achim versucht von der Königsfamilie einen neuen Auftrag zu bekommen um die Insolvenz abzuwenden." Dann fing sie an zu weinen. Karl war außer sich. „Wie konnte Achim das verschweigen? Das ist ja die Höhe! Und jetzt?" Petra schluchzte „Wir müssen das Haus verkaufen! Ich muss mir dringend einen Job suchen!" Karl und Elvira waren entsetzt. „Ist es wirklich so schlimm?" Petra nannte die Schuldensumme und ihre Eltern wurden blass. Elvira versuchte ihre Tochter zu trösten. „Vielleicht hat Achim Glück und bekommt einen Auftrag. Bitte gib die Hoffnung nicht auf."

Petra kam nun mit der ganzen Wahrheit. „Ich habe kein Geld mehr! Achim kommt erst morgen wieder zurück und ich kann nichts einkaufen!" Karl stand auf und holte Euro 500,00 die er seiner Tochter gab. „Hier mein Schatz, damit kommst du erst einmal über die Tage. Wir haben ein bisschen was gespart, wenn du Geld brauchst, dann steht es dir zur Verfügung." Petra war das alles unangenehm. „Aber Papa, ich will doch nicht euer Gespartes haben. Ihr sollt es euch doch schön machen und reisen."Karl nahm Petra in den Arm. „Mein Lämmchen, mach dir keine Sorgen um uns. Wir kommen sehr gut klar. Es ist doch egal ob du das Geld jetzt bekommst oder später. Jetzt brauchst du es und dann ist es gut so." Petra nahm ihre Eltern in den Arm. Was würde sie nur ohne sie machen? Als sie sich wieder beruhigt hatte, fuhr sie nach Hause. Unterwegs wollte sie noch einkaufen. Bevor sie aber zu ihrem teuren Bio-Händler abbog, dachte sie an das Geld in ihrer Tasche und fuhr zu REWE.

Mit den Einkäufen im Arm kam sie zur Haustür herein. Sie wurde schon von Marie erwartet „Mama! Was ist hier los? Lara und Maxim haben mich gerade angerufen und gefragt ob das wahr ist, dass wir pleite sind!" Petra trug zuerst ihre Tüten in die Küche und atmete tief ein. Oh Gott, es weiß schon die ganze Stadt! Ihre Knie wurden weich aber sie wollte stark sein, für die Kinder! „Marie, hol deine Schwester und setzt euch ins Wohnzimmer."

Als Marie und Lisa auf dem Sofa saßen, sagte Petra. „Ich weiß erst seit heute Morgen, dass euer Vater am Montag Insolvenz angemeldet hat. Leider hat er mich nicht darüber informiert. Der Kundenberater der Bank hat es mir gesagt, weil ich kein Geld abheben konnte." Marie und Lisa starrten sie mit großen Augen an. Marie sprach zuerst „Wann kommt Papa wieder? Wie konnte so etwas passieren? Müssen wir jetzt aus dem Haus?" Lisa fing an zu weinen „Haben wir jetzt kein Geld mehr? Was wird aus uns?" Petra setzte sich zwischen die Mädchen und nahm sie in den Arm. „Kinder, ich muss das auch erst verkraften. Ich bin genauso erschrocken wie ihr. Aber ich war bei Klaus und er sagte, dass Papa zu den" Scheichs" geflogen ist um einen neuen Auftrag zu bekommen. Dann kann er die Insolvenz noch abwenden. Deshalb hat er auch nichts zu uns gesagt. Er hat die Hoffnung, dass alles gut wird. Das sollten wir auch haben. Morgen kommt er zurück und hat bestimmt einen Auftrag in der Tasche." Petra sagte das wenig überzeugend, aber sie wollte selbst daran glauben. Sie weigerte sich darüber nachzudenken, was sein würde, wenn er ohne Auftrag käme. „Woher wissen Lara und Maxim, dass Papa Insolvenz angemeldet hat?" Petra schämte sich. Marie antwortete „Mama! Laras Vater arbeitet beim Finanzamt und Maxims Vater bei der Bank." Petra stöhnte. „Hoffen wir einfach, dass morgen schon alles wieder beim Alten ist." Lisa schluchzte „Was werden meine Mitschüler morgen zu mir sagen? Das ist alles so peinlich!" Marie war auch den Tränen nahe. „Es ist beschämend! Papa hätte uns das sagen müssen. Wir stehen ganz schön blöd da." Petra fühlte sich überfordert. „Es tut mir so leid für euch. Im Moment können wir nichts tun als auf ein Wunder zu warten und auf Papa!"

Als das Telefon klingelte nahm Petra sofort ab. Sie dachte es wäre Achim. Aber es war ihre Freundin Martina. „Petra, was habe ich da gehört! Ihr habt

Insolvenz angemeldet! Ist das wahr?" Petra musste sich anstrengen um ruhig zu klingen. „Hallo Martina, Achim hat vorsichtshalber Insolvenz angemeldet. Morgen kommt er von Riad zurück. Er hat bestimmt wieder einen Auftrag bekommen, dann können wir die Insolvenz abwenden." Martina war nun beruhigt „Ich verstehe. Deshalb hast du nichts gesagt. Kann ich etwas für dich tun?" Petra war froh mit ihrer Freundin zu reden. „Martina, kannst du kommen? Ich möchte heute nicht mehr in die Stadt." Martina verstand. „Die Leute reden schon. Ich komme gleich." Martina war ihre beste Freundin, auf sie war Verlass. Aber wie war es mit den anderen Freundinnen? Mit einem Seufzer dachte sie, dass sich in einer solchen Situation die echten Freunde zeigen würden.

Dann kam Martina. Sie hatte für die Mädchen Zeitschriften und für Petra Blumen mitgebracht. Als die Mädchen in ihren Zimmern waren, fing Petra an zu weinen. „Martina, wieso hat Achim mir nichts gesagt? Hast du dafür eine Erklärung? Du kennst ihn doch auch." Martina nahm Petra in den Arm „Seit wann ist er denn auf Geschäftsreise?"Petra schluchzte „Seit Montag." Martina kam ein anderer, ein schlimmer Verdacht. „Petra, könnte es sein, dass Achim alles über den Kopf gewachsen ist und er einfach nur noch weg wollte? Ich meine, es ist doch seltsam, dass er dir nichts von der Insolvenz gesagt hat und nicht zu erreichen ist?" Petra starrte ihre Freundin an. „Du glaubst, er ist gar nicht nach Riad geflogen? Er lässt uns mit den Schulden im Stich?"

An diese Möglichkeit hatte Petra noch gar nicht gedacht. „Das glaube ich nicht. Wir führen eine gute Ehe und er ist ein liebevoller Vater. Aber du hast Recht, vielleicht ist ihm alles über den Kopf gewachsen?" Petra fiel etwas ein. „Es ist auch das erste Mal, dass er den Flug und das Hotel selbst gebucht hat. Unsere Sekretärin, Frau Klein sagte, dass sie nicht weiß in welchem Hotel Achim abgestiegen ist!" Petra wurde es heiß und kalt. Was ist, wenn Achim tatsächlich über alle Berge ist? Nicht auszudenken. Ob man seinen Partner wirklich so gut kennt um auszuschließen, dass so etwas passieren kann? Martina sorgte sich um ihre Freundin. „Petra, wir könnten beim Flughafen anrufen. Die können uns sagen ob der Passagier Achim Glanz am Montag nach Riad geflogen ist." Martina griff sofort zum Hörer und erkundigte sich bei der Airline. Als Martina auflegte sah Petra sie ängstlich an. „Und?" Martina lächelte. „Er war im Flieger, so wie er es dir gesagt hat. Dann wird auch der Rest stimmen. Entschuldige bitte wenn ich dich zusätzlich in Sorge gebracht habe. Ich hatte einfach nur Angst um dich." Petra fiel Martina um den Hals. „Du hast nicht ganz unrecht. Wie konnte er die Insolvenz vor uns verschweigen?" Martina hatte ein schlechtes Gewissen und wollte Petra nun beruhigen. „Leider kannst du nichts anderes tun als abwarten. Ich würde ihn morgen am Flughafen abholen, dann kannst du gleich mit ihm reden. " Petra war froh, dass Martina bei ihr war.

Am nächsten Morgen weigerten sich die Mädchen in die Schule zu gehen. Also fuhren sie zu dritt zum Flughafen um Achim abzuholen.

Vom Parkhaus aus war es nicht mehr weit zur Empfangshalle. Sie hatten noch zwanzig Minuten Zeit. Marie und Lisa tranken eine Cola und Petra einen Kaffee. Von dem Kaffee-Shop aus hatten sie einen guten Blick auf die ankommenden Passagiere. Dann war es endlich so weit. Am Informationspoint sahen sie, dass Achims Flug gelandet war und er jetzt jeden Moment zum Ausgang kommen müsste. Die Tür ging auf und sie warteten gespannt. Es vergingen fünf Minuten. Er war noch nicht dabei. Nach zehn Minuten wurden sie etwas unruhig. Wo war Achim? Als er nach zwanzig Minuten noch nicht erschienen war, erkundigte sich Petra bei dem Informationspoint nach ihm. Hier erfuhren sie, dass der Passagier Achim Glanz nicht im Flugzeug saß! Petra war entsetzt. Ihre Knie gaben nach. Als Marie und Lisa ihre Mutter ansahen konnten sie nicht mehr sprechen. Sie fielen sich in die Arme und weinten. Plötzlich klingelte Petras Handy. Sie riss das Handy aus der Tasche und schrie „Achim!" Aber es war nur Klaus, ihr Steuerberater. „Petra, wo bist du?" Petra schluchzte in den Hörer „Am Flughafen, aber Achim saß nicht im Flieger!" Er wusste es schon und forderte sie auf, zu ihm in die Kanzlei zu kommen. Achim hatte sich bei ihm gemeldet. Er war in Schwierigkeiten!

Petra fuhr mit den Mädchen so schnell sie konnte in die Kanzlei. Klaus erwartete sie schon. „Hallo Petra, Marie, Lisa!" Mit Blick auf die Mädchen schlug er vor „Wir sollten uns alleine unterhalten." Aber Petra war anderer Meinung. „Du kannst frei sprechen, die Mädchen wissen Bescheid über die Insolvenz. Die ganze Stadt weiß es schon!" Klaus nickte, er fühlte sich nicht wohl in seiner Haut. „Also, Achim hat sich gemeldet. Er wurde bei der Königsfamilie vorgelassen und hatte seine Forderung genannt. Leider war die Königsfamilie nicht bereit überhaupt etwas zu bezahlen. Achim wurde dann wohl etwas laut und hat die Königsfamilie beschimpft. Nun, wie soll ich es sagen?" Er wurde jetzt leiser. „Sie haben ihn wegen Majestätsbeleidigung festgenommen. Er durfte nur einen Anruf machen und hat mich informiert, damit ich ihm helfen kann." Petra verstand nur, dass Achim nicht kam und es keinen Auftrag gab. Sie dachte nur noch „Alles aus! Vorbei!" Klaus versprach, dass er beim Auswärtigen Amt und in der deutschen Botschaft in Riad um Unterstützung für Achim bitten würde. Sie und die Mädchen sollten sich keine Sorgen machen, er würde Achim helfen. Petra war wütend, traurig und maßlos enttäuscht. Achim, von dem sie dachte, dass sie ihn in und auswendig kannte, reichte, ohne Absprache mit ihr, Insolvenz ein und als er in Not war, rief er den Steuerberater an. Sie fuhren schweigend nach Hause.

Als sie im Wohnzimmer saßen fingen Marie und Lisa an zu weinen. „Was machen wir denn jetzt?

Was machen die mit Papa? Die können ihn doch nicht einfach einsperren?" Und dann, einen Moment später rückte die Sorge um den Vater in den Hintergrund. „Mama, wenn das jemand erfährt, dass unser Vater im Gefängnis sitzt? Ich gehe auf keinen Fall mehr aus dem Haus. Und in die Schule schon gar nicht mehr!" Für Petra war das alles zu viel. Zuerst fing sie an zu zittern und dann zu weinen. Sie konnte nicht mehr aufhören. Marie und Lisa merkten, dass ihre Mutter Hilfe brauchte. Als Petra nicht mehr normal reagierte riefen sie ihre Großeltern an. „Opa, du musst gleich kommen, mit Mama stimmt etwas nicht. Sie kann nicht mehr aufhören zu weinen und sie zittert!"

Keine fünf Minuten später klingelte es an der Haustür. Marie öffnete die Tür und sah ihre bleichen Großeltern. Opa und Oma kamen gleich zur Sache. Oma sprach beruhigend mit Petra und Opa rief den Hausarzt an. Opa erklärte dem Hausarzt die Situation und dieser gab Petra, nachdem er zehn Minuten später kam, eine Beruhigungsspritze. Oma brachte sie ins Bett und kümmerte sich dann um Lisa und Marie. Beim Abendbrot konnten sie endlich reden. Marie erzählte, dass sie vom Flughafen direkt zu Klaus gefahren waren und was dieser berichtete. Opa meinte „Kein Wunder, dass eure Mutter einen Nervenzusammenbruch hat. Sie weiß im Moment nicht wie es weitergehen soll. Marie, Liesa! Ihr müsst eure Mutter jetzt unterstützen! Hier wird nicht mehr geweint. Es kommt alles wieder in Ordnung." Marie fragte „Aber wie Opa? Wenn Papa keinen Auftrag mitbringt sind wir pleite!" Opa nickte. „Das ist richtig. Aber wichtig ist, dass ihr alle gesund seid und euer Vater wieder nach Hause kommt. Oder?" Marie und Lisa nickten. „Gut, dann geht ihr ab morgen wieder in die Schule und wir kümmern uns um eure Mutter." Lisa und Marie wollten auf keinen Fall schon am nächsten Morgen wieder in die Schule gehen. Opa sagte aber, dass man nicht davon laufen kann. Man muss sich solchen Situationen im Leben stellen, egal wie schlimm sie sind.

„Jeder Unternehmer hat einmal im Leben eine Krise, manche haben Glück und manche eben nicht. Das ist das Risiko eines Unternehmers. Aber dafür muss man sich nicht schämen! Viele Menschen würden sich gerne selbstständig machen aber nur wenige haben den Mut dazu. Euer Vater hatte den Mut. Darauf könnt ihr stolz sein. Die deutsche Botschaft wird alles unternehmen um euren Vater nach Hause zu holen. Da bin ich mir ganz sicher. So, ihr Beide seid doch kluge Mädchen. Wenn ihr morgen in die Schule geht, sagt ihr einfach wie es ist. Angriff ist die beste Verteidigung. Dann gibt es nichts mehr zu tratschen." Marie und Lisa fanden ihren Opa klasse. Er hatte recht, sie würden sich nicht unterkriegen lassen. Die Großeltern blieben über Nacht und Opa brachte die Mädchen am nächsten Morgen in die Schule. Marie und Lisa stellten fest, dass ihr Opa recht hatte. Als sie ihre Schulfreundinnen trafen und ihnen sagten was bei ihnen zu Hause los war, bekamen sie moralische Unterstützung. Diese Hürde war genommen.

Petra frühstückte gerade als ihr Vater wieder kam. „Deine Mädchen sind wirklich mutig. Du kannst stolz sein auf sie." Petra lächelte. „Danke Papa. Tut mir leid, dass ich euch Sorgen mache. Ich war gestern so geschockt und enttäuscht. Dabei wollte ich so stark sein." Ihre Mutter lächelte sie aufmunternd an „Petra, es ist völlig normal, dass man nach so viel schlechten Nachrichten einfach nicht mehr weiter weiß. Heute geht es dir wieder ganz gut. Du schaffst das, wir sind doch auch noch da." Petra war froh über ihre Eltern. Als das Telefon klingelte ging Petras Vater dran. Er erfuhr, dass Klaus den deutschen Botschafter in Riad erreicht hatte und dieser sich um Achim kümmern wird. „Das sind doch gute Nachrichten. Und in der Zwischenzeit, bis Achim wieder da ist, helfen wir euch einfach mit ein bisschen Geld aus." Petra konnte schon wieder lächeln „Danke Papa, ich suche mir so schnell wie möglich eine Arbeit und morgen fahre ich ins Autohaus und verkaufe meinen VW-Tiguan. Ein kleineres Auto reicht mir auch."

Petra erholte sich, aber sie war noch nicht bereit unter die Leute zu gehen. Ihre Mutter kaufte für sie ein und kochte ein leckeres Mittagessen. Petra wurde bemuttert und das tat ihr gut. Am Nachmittag rief Klaus an und berichtete, dass ein Mitarbeiter der deutschen Botschaft in Riad Achim besuchen durfte. Es ging ihm gesundheitlich gut aber er war fassungslos, dass er nicht ausreisen durfte. Klaus versprach, Petra zur Seite zu stehen, solange Achim dort festgehalten wurde. Als die Mädchen am Nachmittag erfuhren, dass ein Mitarbeiter der Botschaft Kontakt zu ihrem Vater hatte, waren sie froh. Jetzt gab es wieder Hoffnung.

Petra bekam am nächsten Morgen Besuch vom Autohaus Mack. Der Kundenberater war zwar freundlich aber er machte ihr unmissverständlich klar, dass er den BMW ihres Mannes mitnehmen möchte. Schon die zweite Rate war nicht bezahlt und als das Autohaus hörte, dass Achim Insolvenz angemeldet hatte, wollten sie handeln. Sie gab ihm die Schlüssel und die Papiere und räumte das Auto aus. Als der Kundenberater mit dem Auto wegfuhr rief sie Klaus an. „Klaus, hallo. Achims BMW wurde gerade abgeholt. Ich habe mir das quittieren lassen. Sollte ich in die Firma gehen und den Mitarbeitern Bescheid geben?" Klaus, der nicht nur ihr Steuerberater, sondern auch ein langjähriger Freund der Familie war, hatte dies schon erledigt. Sie erfuhr, dass Achim ihn darum gebeten hatte, als er in Riad verhaftet wurde. Er sah in seiner Situation keine Chance mehr die Insolvenz abzuwenden. Petra hatte ein schlechtes Gewissen. Ihre langjährigen Mitarbeiter wurden vom Steuerberater über das Ende der Firma unterrichtet. Klaus beruhigte sie aber, denn Achim hatte vor seinem Abflug mit jedem Einzelnen über die drohende Insolvenz gesprochen. Sie wussten Bescheid und wollten dem Insolvenzverwalter bei der Abwicklung helfen. Petra war zwar froh darüber, dass sie das nicht machen musste aber sie war dennoch enttäuscht, weil alle von der Insolvenz wussten, nur sie nicht.

Sie verkroch sich am Wochenende mit Lisa im Haus. Marie war übers ganze Wochenende bei der Freundin geblieben. Sie wollte ihr mit der Party helfen und von der schlechten Stimmung zu Hause weg. Lisa weinte am Samstag weil sie sich Sorgen über ihren Papa machte und Petra war damit beschäftigt sie zu beruhigen. Ihre Gedanken kreisten immer wieder um die Frage, warum Achim nicht mit ihr geredet hatte. Sie nicht vorgewarnt hatte! Hatte er gedacht sie würde damit nicht umgehen können oder hatte er Angst vor ihrer Reaktion? Es hatte keinen Sinn, sie würde zu diesem Zeitpunkt keine Antwort erhalten, sie musste aufhören sich selbst leid zu tun und überlegen was sie tun könnte, bis Achim wieder da wäre. Um sich abzulenken las sie die Stellenausschreibungen. Zwei Inserate fand sie sehr interessant. Sie setzte sich an ihren Schreibtisch und schrieb Bewerbungen.

Am Montagmorgen, nachdem die Mädchen aus dem Haus waren, rief sie bei der ersten Firma an. Petra war sehr aufgeregt. Das Gespräch verlief gut. Sie sollte ihre Unterlagen zusenden. Um 12:00 Uhr kam der Postbote. Er hatte ein Einschreiben für Achim dabei. Sie nahm das Einschreiben an. Es war vom Insolvenzverwalter, er hatte die Firma übernommen!

Am Nachmittag meldete sich Klaus. Der deutsche Botschafter in Riad hatte mit dem Königshaus Kontakt aufgenommen. Sie würden alles tun um Achim aus dem Arrest zu holen. Aber man brauchte Geduld in Riad. Petra hatte das Gefühl, dass ihr die Zeit davonlief. Am Morgen kamen schon die ersten Mahnungen. Vom Elektrizitätswerk und die Zahlungsaufforderung von der Bank für die Rate des Hauses. Sie rief ihren Vater an und bat ihn die monatliche Rate für das Haus und die Stromrechnung zu begleichen. „Papa, ich zahle euch das Geld wieder zurück." Aber ihr Vater meinte, dass er gerne half. Nach dem Gespräch suchte sie alle Papiere und Pläne zusammen, die sie brauchte, um das Haus zu verkaufen. Irgendwie hatte sie das Gefühl, dass es soweit kommen würde.

Am Donnerstagmorgen rief schon kurz nach 9:00 Uhr Klaus an. Ein Botschaftsmitarbeiter hatte sich gemeldet und ihm mitgeteilt, dass mit einer Ausreise seines Klienten nicht in den nächsten vier Wochen zu rechnen sei. Es wären zähe Verhandlungen, da sich das Königshaus sehr beleidigt fühlte. Klaus versprach sich um den Insolvenzverwalter zu kümmern und er hatte noch eine gute Nachricht. „Petra, laut meinen Unterlagen steht das Haus auf deinem Namen. Das heißt, der Insolvenzverwalter kann alles nehmen was Achim gehört, aber nicht das Haus!" Das war zwar eine gute Nachricht aber Petra wusste immer noch nicht wie es weiter gehen sollte.

Das Wochenende verbrachte Petra mit den Mädchen zu Hause. Petra war einsam. Deshalb gab sie sich einen Ruck und rief ihre Freundin Karin an. „Hast du schon gehört was bei uns los ist?" Karin war froh, dass Petra sich meldete „Hallo Petra, wie geht es dir denn? Natürlich habe ich das gehört aber ich wusste nicht wie du es auffassen würdest wenn ich gleich angerufen hätte. Und was könnte ich auch tun, außer dich zu trösten?" Petra sagte „Ja, ich kann Trost wirklich brauchen. Ich bin einsam." Karin versprach zu kommen. Und so kam es, dass alle Freundinnen die Petra informierte, froh waren, endlich etwas von ihr zu hören. Nun war sie nicht mehr allein.

Am Montag bat Klaus sie in seine Kanzlei. Petra war sehr aufgeregt, denn es ging um die Insolvenz. Klaus blieb sachlich und erklärte ihr alles ganz genau. Wenn Petra das Haus, das auf ihren Namen stand, verkaufen würde, könnte sie die Geschäftsschulden abgleichen. Klaus meinte „Petra das Haus ist mindestens 450.000,— Euro wert. Du könntest die Geschäfts-und Privatkonten ausgleichen und die Insolvenz abwehren. Ihr besitzt zwar kein Haus mehr aber ihr hättet auch keine Schulden und Klaus kann neu anfangen." Petra wollte wissen ob er dies auch mit Achim besprochen hatte. „Nein, Achim meinte vor dem Abflug, dass er die Insolvenz abwehren kann. Und seitdem haben wir nur über seine Freilassung gesprochen. Petra, ich habe den Eindruck, dass Achim verzweifelt ist und Angst hat. Er kann im Moment keine Entscheidungen treffen.

Wenn er viel Pech hat bleibt er ein paar Monate in Riad und das weiß er. Du musst jetzt die Entscheidungen treffen." Petra hatte ihren Kämpfergeist wieder gefunden. Sie wollte mit Klaus zusammen arbeiten. Er sagte „Ich habe heute mit dem Insolvenzverwalter gesprochen und er sagte mir, dass viele Gläubiger lieber weniger aber dafür sofort Geld sehen wollen. Daraufhin habe ich zwei Gläubiger angerufen und die haben mir das bestätigt. Mittlerweile haben wir alle Gläubiger abtelefoniert und sie wären mit Abschlägen einverstanden. Der Insolvenzverwalter war kooperativ. Das ist eine wirkliche Ausnahme. Aber eben nur, wenn du sofort das Haus verkaufst!" Petra dachte nach und fand die Lösung natürlich für alle gut. Es tat weh ihr Zuhause aufzugeben. Aber sie stimmte zu und gab Klaus eine Vollmacht damit er die Gläubiger zufrieden stellen konnte.

Am Abend erzählte sie den Mädchen was Klaus ausgehandelt hatte. Lisa und Marie weinten. Da lief auch ihr das Herz über und sie hielten sich ganz fest. Achim war schon zwei Wochen in Riad. Es zehrte an ihren Nerven, dass sie keinen Kontakt zu ihm hatten. Petra war nach wie vor wütend auf ihn aber sie hätte ihn dennoch gern um Rat gefragt. Den Mädchen fehlte der Vater. „Wir müssen jetzt stark sein, okay? Ich spreche mit meiner Freundin Beate. Ihr Maklerbüro ist das bekannteste weit und breit. Sie darf unser Haus verkaufen und uns eine schöne Wohnung suchen. Bitte räumt eure Zimmer auf. Wenn Käufer kommen um sich das Haus anzuschauen sollte es sauber und aufgeräumt sein." Marie fragte „Bekommen wir in der neuen Wohnung auch jede ein eigenes Zimmer?" Petra nahm sie in den Arm „Mein Schatz, ich weiß es nicht. Im Moment habe ich noch keine Anstellung und Papa, wenn er endlich wieder hier ist, muss erst einmal neue Auftraggeber finden. Ich kann es dir nicht versprechen aber ich hoffe es." Marie ging enttäuscht in ihr Zimmer. Lisa machte gerade noch ihre Hausaufgaben. „Mama, mir macht es nichts aus wenn ich mit Marie wieder ein Zimmer teilen muss. Hauptsache Papa kommt wieder nach Hause."

Petra räumte nun jeden Tag Geschirr, Gläser und andere Sachen, die sie im Moment nicht brauchte, in Kartons und stapelte sie in der Garage. Ihre Eltern und ein paar Freundinnen hatten ihr Umzugs-Kartons vorbei gebracht. Als im Wohnzimmer nur noch die Möbel standen musste sie sich setzen. Sie fühlte sich einsam und verlassen. Das Leben war gerade ungerecht. Sie weinte vor Enttäuschung. Wenn Achim da gewesen wäre hätte sie ihm ordentlich die Meinung gesagt. Wie konnte er ihnen das antun? Sie fragte sich immer wieder, wie sie ihm verzeihen konnte und ob sie ihn noch liebte. Auch an Scheidung hatte sie schon gedacht. Und manchmal hasste sie ihn. Darüber erschrak sie am meisten.

Zwei Wochen später an einem Samstag hatte Petra zusammen mit den Mädchen wieder ein paar Wohnungen besichtigt. Sie sollten mitentscheiden dürfen, damit ihnen der Abschied vom Haus nicht so schwer fiel. Und tatsächlich hatten sie dieses Mal eine schöne große Wohnung gefunden die vier Zimmer, Küche, Bad hatte. Neu renoviert mit einem herrlichen Blick in den Garten. Fast so schön wie zu Hause und die Terrasse war ganz nach Petras Geschmack. Hier könnte sie sich wohl fühlen. Lisa und Marie hätten etwa gleich große Zimmer. Die Wohnung lag in einer schönen Wohngegend und näher an der Schule als ihr Haus. Von hier aus war es auch nicht weit zu Petras Eltern. Sie waren entschlossen nur noch nach Vorne zu schauen und sagten der Vermieterin zu.

Weil Petra noch keine Arbeit gefunden hatte wollten Petras Eltern fürs Erste die Miete und die Nebenkosten für die neue Wohnung übernehmen. Als Petra mit den Mädchen nach Hause kam, klingelte das Telefon. Es war Achim! Vor Schreck lies Petra fast den Telefonhörer fallen. „Petra, bist du es? Ich bin in der deutschen Botschaft in Riad. Nächste Woche komme ich zurück. Ich habe schon mit Klaus telefoniert und er sagte mir wie tapfer du die Situation gemeistert hast. Es tut mir so leid, dass ich dir nicht die Wahrheit gesagt habe. Ich dachte wirklich, dass ich einen neuen Auftrag bekommen würde und wollte dich nicht unnötig aufregen. Es war falsch, das weiß ich jetzt." Und nachdem Petra nichts sagte „Ich vermisse euch so." Sie wusste nicht was sie sagen sollte. Achim bettelte „Petra, bitte sag etwas. Es tut mir so leid was ich euch angetan habe. Bitte!" Petra holte tief Luft „Achim, komm erst einmal nach Hause dann reden wir." Mehr konnte sie nicht sagen. Die Mädchen standen neben ihr und wollten mit ihrem Vater sprechen „Warte, die Kinder wollen dich sprechen." Dann gab sie den Telefonhörer an Lisa und Marie weiter.

Beate kam fast jeden Tag mit einem anderen Interessenten ins Haus. Petra ging in der Zwischenzeit spazieren. Das Gute war, dass sie durch den Verkauf des Hauses noch Geld für einen Neuanfang übrig haben würden. Und dieses Mal würde Petra die Buchhaltung übernehmen. Beate hatte an einem Tag gleich zwei Besichtigungen angekündigt. Genügend Zeit für Petra einen Spaziergang im nah gelegenen Park zu machen. Sie setzte sich auf die Bank am See um ein bisschen Sonne zu tanken. Achim hatte verzweifelt geklungen. Ihm wurde scheinbar klar was er angestellt hatte. Was er ihr und den Mädchen zugemutet hatte. Petra war wieder wütend und es kamen Tränen der Enttäuschung. Sie verloren ihr wunderschönes Haus auf das sie so lange gespart hatten. Sie wusste nicht wie sie Achim je verzeihen konnte.

Da hörte sie eine leise Stimme „Entschuldigung darf ich mich setzen?" Petra wischte ihre Tränen weg und schaute in die Richtung der Stimme. Da stand eine ältere Dame die sich setzen wollte. „Natürlich bitte." Die Dame setzte sich und seufzte. „Ist das nicht schön? Ich komme so gerne hierher. Und Sie?" Petra wollte nicht unhöflich sein und sagte „Ja, es ist schön hier." Aber sie sah die Schönheit gar nicht. Sie sah nur die Ungerechtigkeit die ihr widerfuhr.

„Wollen Sie mir erzählen was Sie bedrückt?" Die ältere Dame sah sie so liebenswürdig an. Petra fühlte sich gleich wohl in ihrer Gegenward und erzählte was passiert war. Während Sie sprach nahm die Dame einfach Petras Hand und hielt sie fest. Es war eine mütterliche Geste. Petra tat die Zuwendung sehr gut. Als sie geendet hatte war es erst einmal still. Petra dachte schon die Dame wäre eingeschlafen. Aber sie tätschelte Petras Hand und holte tief Luft. Dann sprach sie sanft „Das ist wirklich schlimm. Ich kann ihre Enttäuschung sehr gut verstehen." Und nach einer kurzen Pause „Wissen Sie, Leben heißt Veränderung. Das Leben gibt uns den Takt vor und nicht umgekehrt. Ihr armer Mann war wohl sehr verzweifelt und hat sich geschämt, sonst hätte er bestimmt mit Ihnen geredet. Männer sind oft nicht so stark wie sie tun. Ich würde ihm die Gelegenheit geben sich zu erklären."

Petra tat es gut mit der Dame zu reden. „Danke, dass Sie mir zugehört haben. Sie sprechen bestimmt aus Erfahrung." Die Dame lächelte und sagte „Ich bin im letzten Monat 94 Jahre alt geworden und habe viel erlebt." Petra lächelte jetzt auch wieder. Sie war plötzlich neugierig geworden „Wollen Sie mir etwas aus Ihrem Leben erzählen?" Die Dame lachte „Das ist aber eine lange Geschichte!" Petra freute sich darauf und sagte „Ich habe Zeit. Darf ich mich vorstellen, mein Name ist Petra Glanz." Die Dame antwortete „Mein Name ist Inge Goldschmid." Dann erzählte sie:

„Ich war gerade erst ein Jahr mit meinem Mann verheiratet als die Nationalsozialisten an die Macht kamen. Mein Mann war Lehrer und verfolgte gespannt die Politik. Mich interessierte es nicht so sehr. Ich konnte nicht verstehen, dass ich nicht schon längst schwanger war. Wir wollten so gerne viele Kinder haben. Eines Tages sagte mein Mann, dass er mit mir nach Amerika auswandern wollte, er hatte es mit der Angst zu tun bekommen. Ari, mein Mann, meinte, die Nationalsozialisten hätten etwas gegen die Juden. Ich glaubte ihm nicht und wollte auf keinen Fall nach Amerika auswandern. Hier in Deutschland hatte ich meine Großfamilie und meine Arbeit als Buchhändlerin und darüber hinaus konnte ich kein Englisch. Wie hätte ich meiner Mutter ihr erstes Enkelkind vorenthalten können? Ich hatte noch vier jüngere Geschwister, drei Schwestern und einen Bruder. Meine Großeltern sowie Onkel und Tanten lebten alle in der gleichen Stadt. Das Leben war schön für mich und ich verstand die Befürchtungen meines Mannes nicht. Ich konnte mir nicht vorstellen was dann auf uns zukam.

Zuerst waren es nur Schikanen. Beim Metzger hatte man kein Fleisch für mich, beim Bäcker gab es nur altes Brot. Ich war schockiert aber ich glaubte noch an das Gute im Menschen. Erst als wir den gelben Stern tragen mussten und ich in manche Geschäfte gar nicht mehr hinein durfte, wurde mir bewusst was los war. Jetzt verstand ich warum mein Mann nach Amerika wollte. Aber für eine Ausreise war es zu spät. Mein Mann hat mir das nie vorgeworfen.

Dann ging alles ganz schnell. Meinem Mann wurde gekündigt und am nächsten Tag wurden wir aufgefordert unsere Sachen zu packen und uns beim Rathaus zu melden. Wir würden aus kriegstechnischen Gründen in eine andere Stadt evakuiert werden. Da dachte ich immer noch, dass alles nicht so schlimm sein wird. Als wir zusammen mit meiner ganzen Familie am Rathaus ankamen wurde uns mitgeteilt, dass wir zum Bahnhof müssen. Hier wurde mir klar, dass es schrecklich wird, denn die begleitenden Soldaten trugen Waffen und waren barsch und unverschämt zu uns. Wir wurden in die Waggons verladen wie Vieh und fuhren zwei Tage durch das Land. Da war ich das erste Mal froh, dass ich nicht schwanger war und keinen Säugling hatte.

Schon auf dieser Fahrt starben viele Kinder und ältere Menschen, da wir ohne Wasser und Nahrung waren. Als wir in Theresienstadt ankamen, wurden wir aussortiert. Die jungen Männer kamen nach links, die jungen Frauen nach rechts und Frauen mit Kindern und ältere Menschen mussten gerade aus gehen. Später haben wir erfahren, dass sie sofort vergast wurden, weil man sie nicht brauchen konnte. Meine Eltern und Großeltern sowie viele Onkel und Tanten mussten gerade aus gehen. Meinen Mann sah ich erst vier Jahre später wieder. Von meiner Familie haben nur ich und eine meiner Schwestern überlebt. Nach der Befreiung suchte ich mit Hilfe vom Roten Kreuz nach meinem Mann und meiner Familie. Er suchte nach mir. Als wir uns wiedersahen haben wir uns nicht mehr erkannt.

Weil wir überlebt haben, waren wir verpflichtet ein gutes Leben zu führen. Ich habe durch die vielen Misshandlungen keine eigenen Kinder bekommen können, deshalb haben wir fünf jüdische Waisen adoptiert und unser Gut auf dem Land wieder aufgebaut. Viele Nachbarn haben uns dabei geholfen. Meine Schwester hat geheiratet und drei Kinder bekommen. Nun waren wir wieder eine Großfamilie. Heute habe ich fünf Kinder, 12 Enkelkinder und bis jetzt 8 Uhrenkelkinder. Ich habe, bis auf die grausamen Kriegsjahre, ein gutes Leben gehabt mit viel Freude. Mein Mann ist hier im Krankenhaus, er hatte einen leichten Schlaganfall. Eine meiner Töchter, die mit ihrer Familie auf dem Gut lebt, bringt mich jeden Tag ins Krankenhaus und wenn er zwischendurch Ruhe braucht, komme ich hierher in den Park und setze mich auf diese Bank."

Petra weinte die ganze Zeit und sie fragte, sich wie ein Mensch nach so viel Leid weiter leben konnte? Ihre eigenen Sorgen waren verschwunden. Sie wischte sich die Tränen weg und merkte, dass sie immer noch die Hand der alten Dame hielt. Sie drehte sich zu ihr um und nahm auch die andere Hand der Dame und sagte lächelnd „Ich danke Ihnen von ganzem Herzen, dass Sie mir Ihre Geschichte erzählt haben. Es hat meinen Blickwinkel geändert und ich verspreche Ihnen, dass ich die Veränderungen in meinem Leben annehmen und ein gutes Leben führen werde." Die Dame lächelte Petra freundlich an. „Es freut mich, dass Sie Zeit für mich hatten. Aber jetzt muss ich wieder in das

Krankenhaus zurück. Mein Mann ist in der Zwischenzeit bestimmt wieder aufgewacht." Petra stand mit der Dame auf und umarmte sie spontan. „Ich danke Ihnen und hoffe, dass es Ihrem Mann bald wieder besser geht." Die Dame war zwar von der Umarmung überrascht aber sie erwiderte die Geste „Ich wünsche Ihnen alles Gute."

Dann schritt die alte Dame beschwingt davon.

Petra setze sich noch einmal auf die Bank und schaute auf den See. Erst jetzt sah sie die Schönheit in diesem Moment. Sie dachte an ihre gesunden Mädchen, an Achim, der immer ein guter Ehemann und Gefährte war. Nun musste sie schon wieder weinen. Aber dieses Mal vor Freude und Dankbarkeit für ihre Familie. Sie fühlte keine Wut und Enttäuschung mehr.

Es hatte Platz gemacht für Dankbarkeit und Hoffnung.

Eine Psychologin ist auch nur eine Frau

Hanna war froh als das letzte Ehepaar gegangen war. Sie war Psychologin und hatte sich auf Eheberatung spezialisiert. Nie hätte sie gedacht, dass man damit seinen Lebensunterhalt bestreiten konnte. Sie streckte sich müde als es an der Tür klopfte. Es war ihr Mann Felix. Er war auch Psychologe. Sie hatten sich im Studium kennen gelernt und beschlossen nicht nur zusammen zu leben sondern auch eine Gemeinschaftspraxis zu eröffnen. Felix betreute Menschen mit schweren seelischen Problemen. Er war Tiefenpsychologe und arbeitete auch mit Hypnose. „Hallo Schatz, bist du schon fertig?" Als Hanna nickte sagte er „Dann fahr du schon mal nach Hause. Bei mir kann es später werden, es kommt noch ein Patient." Hanna stand auf und umarmte ihren Mann. „Schade, ich dachte wir verbringen den Abend gemeinsam auf dem Sofa." Er seufzte „Ja das klingt verlockend. Ich komme so schnell ich kann." Er gab ihr einen Kuss auf den Mund und ging zurück in sein Behandlungszimmer. Hanna schloss ihr Zimmer ab und verließ die Praxis. Auf dem Heimweg kaufte sie im Feinkostgeschäft herrlichen Käse, Trauben und ein frisches Brot. Felix liebte frisches Brot und Käse. Zu Hause schlüpfte sie in einen weichen Jogginganzug und deckte den Tisch. Sie wollte eine Stunde auf ihn warten denn sie hatte die Hoffnung, dass er es zum Abendessen schaffen würde.

Da klingelte das Telefon. Es war Florian, ihr 20-jähriger Sohn. „Hallo Mama, ich wollte dich nur daran erinnern, dass du mich am Samstag vom Flughafen abholst. Der Flieger landet um 16:00 Uhr!" Hanna freute sich auf Florian. Er hatte ein soziales Jahr in einem Kinderheim in Bolivien gemacht und kam am Samstag endlich wieder nach Hause. „Hallo mein Schatz, natürlich hole ich dich ab. Wir freuen uns auf dich. Sophie kommt auch. Sie war jetzt vier Wochen nicht zu Hause. Berlin ist eben extrem interessant. Sie ist jedes Wochenende auf einer anderen Party. Und du? Fällt es dir schwer Abschied zu nehmen?" Florian lachte „Die Kids hier sind goldig aber ich freue mich auf ein weiches, sauberes Bett und eine große Dusche nur für mich. Und auf Freiburg." Sie verabschiedeten sich und Hanna schaute auf die Uhr. Ob Felix wieder eine Hypnose machte? So etwas dauerte schon bis zu drei Stunden. Ihr Hunger siegte. Sie legte sich Käse, Trauben und Brot auf einen Teller und schenkte sich ein Glas Wein ein. Dann machte sie es sich vor dem Fernseher gemütlich. Sie überlegte was sie am Wochenende kochen könnte. Sophie, ihre 22-jährige Tochter war Vegetarierin und achtete auf ihre Figur.

Laut sagte sie „Ich habe ja noch ein paar Tage Zeit. Jetzt genieße ich erst einmal mein Essen."

Sie war vor dem Fernseher eingeschlafen. Ein Poltern weckte sie. Es war Felix. Er sah er müde und etwas ramponiert aus. Es war schon fast 23:00 Uhr. „Hallo Schatz, das ist aber spät geworden. Ist etwas passiert?" Als er sie fragend ansah sagte Hanna „Du siehst irgendwie durcheinander aus. Deine Kleidung ist verknittert und dein Haar verstrubbelt. Alles in Ordnung?" Felix legte seine Unterlagen auf den Tisch und antwortete „Alles okay, das muss der Wind gewesen sein." Er strich über sein Haar und zog sein Hemd gerade. Dann sah er den gedeckten Tisch „Es gibt Käse und Brot, herrlich." Felix setzte sich und fing an zu essen. Hanna setzte sich zu ihm. „Hattest du eine Hypnose oder warum hat dein Termin so lange gedauert?" Felix trank einen Schluck Wein. „Nein, aber beim Erstgespräch hatte ich so viele Fragen, dass ich gar nicht auf die Uhr geachtet habe. Eine Frau, sie war nicht gerade gesprächig. Es war sehr schwierig eine Unterhaltung zu führen." Hanna nahm ihren Mann in den Arm. „Du Armer." Aber als sie ihm näher kam, bemerkte sie, dass er sehr geschwitzt haben musste. Man roch es und man sah es auch. Wieso schwitzte er bei einem Gespräch? Sagte er nicht, dass es eine Frau war? Aber Parfüm roch sie nicht. Schlagartig kam ihr der Gedanke, dass Felix ein Verhältnis haben könnte. Er aß mit großem Appetit den Käse und verschlang regelrecht die Trauben.

Hanna schenkte sich noch ein Glas Wein ein und dachte. >Das hätte ich doch merken müssen, oder? Herrgott, jeden Tag sitzen Ehepaare bei mir auf dem Sofa weil einer ein außereheliches Verhältnis hatte. Was sagte heute Mittag Frau Sauer. Sie hätte nichts bemerkt! Hanna überlegte. Er war doch jeden Tag mit ihr in der Praxis und Freitagabends mit seinem Freund Bert beim Sport. Sonst waren sie immer zusammen. Ich muss Claudia fragen ob Bert immer noch jeden Freitag mit Felix zum Sport geht. Da fiel ihr ein? Vielleicht kommt die Frau in die Praxis! Getarnt als Patientin! Aber wieso? Wir haben regelmäßig Sex, wir reden viel miteinander und wir ergänzen uns perfekt.> Sie war so mit ihren Gedanken beschäftigt, dass sie nicht hörte was Felix sagte. „Entschuldige ich war in Gedanken. Was sagtest du?" Felix nahm noch etwas vom Käse. „Ich fragte ob Florian angerufen hat?" Hanna erzählte ihm von Florians Anruf. Sie beobachtete ihren Mann. Er sah so unschuldig aus. Als ob er kein Wässerchen trüben könnte. Hanna schüttelte den Kopf, sie wollte sich nicht in etwas verrennen was es vielleicht gar nicht gab. Vielleicht war das Gespräch mit der Patientin wirklich so intensiv, dass er ins Schwitzen kam. Dann war Felix satt und räumte den Tisch ab. Hanna setzte sich nachdenklich auf das Sofa.

Dieses Jahr waren sie 25 Jahre verheiratet. Sie wollten diesen Tag mit der Familie und Freunden feiern weil ihre Hochzeit damals, kurz vor dem Examen, nur auf dem Standesamt stattfand und sie mit den Trauzeugen bei einem Imbiss gefeiert hatten. Dieses

Mal sollte es aber ein richtiges Fest werden. Es war alles organisiert. Sie hatten sich für ein Restaurant entschieden, das genug Platz zum Tanzen hatte. Es wird ein Buffet geben und später soll eine Tanz-Band spielen. Die Einladungen waren verschickt und ein Geschenk für Felix hatte sie auch schon. >Ob Felix in der Midlife-Crises war und meinte etwas verpasst zu haben? Könnte sein. Nein, sie musste sich jetzt zusammen nehmen und diesen Gedanken aus dem Kopf bekommen.> Felix setzte sich mit seinem Glas zu ihr auf das Sofa, nahm sie in den Arm und sagte „Schatz, ich trink noch das Glas Wein aus dann dusche ich und geh ins Bett. Ich bin richtig müde." Er trank sein Glas leer, küsste sie und ging ins Bad. Hanna wollte noch ein bisschen lesen. Aber sie konnte sich nicht auf das Buch konzentrieren. Immer wieder dachte sie über ihre Ehe nach. >Vielleicht war es Felix zu langweilig geworden mit ihr? Sie lebten und arbeiteten zusammen. Viel Freiraum hatten sie ja nicht. Ob er sich eingeengt fühlte? Verdammt, er ist Psychologe! Er weiß doch wie man miteinander redet, er hätte doch etwas sagen können< Sie schüttelte den Kopf. >Schluss jetzt mit diesen dummen Gedanken< Sie machte es sich gemütlich und fing an zu lesen.

Um zwei Uhr in der Früh wachte sie auf dem Sofa auf und ging ins Bett. Felix schlief tief und fest. Er sah zufrieden aus. Geistesgegenwärtig ging sie noch einmal ins Bad und roch an seinen Sachen. Sein Hemd roch leicht nach einem Parfüm das nicht ihres war. Sie ließ es fallen und ging ins Bett. Als sie neben Felix lag, nahm er sie automatisch in den Arm. Das machte er immer, auch wenn er schlief. Sie fand es schön, dass ihr Mann ihre Nähe suchte. Und die Umarmung beruhigte sie auch wieder. Felix war nicht der Typ, der etwas mit einer anderen Frau anfangen würde. Sie fühlte sich in seinen Armen beschützt und schlief ein.

Die nächsten Tage verliefen wieder wie gewohnt und Hanna lachte über ihre absurden Vermutungen. Sie vergaß sie sogar ganz als am Wochenende die Kinder kamen und Florian von seinem Jahr in Bolivien erzählte. Florian zeigte am Computer gefühlte 1000 Bilder. Am späten Abend fuhr Sophie wieder nach Berlin und Florian war mit seinen Freunden verabredet. Er wollte nur ein paar Tage bleiben und dann seinen Studienplatz in Freiburg antreten. Hanna und Felix unterhielten sich am Abend über ihre Kinder. „Das haben wir richtig gut hinbekommen. Florian ist in diesem Jahr sehr gereift. Er ist erwachsen geworden. Und Sophie, die geht auch ihre Wege. Wir haben es geschafft. Jetzt sind wir wieder allein. Nur wir Beide! Was wollen wir noch mit dem Abend anfangen?" Felix küsste Hanna auf den Mund und fuhr mit seiner Zunge an ihrem Hals entlang. Das war ihre erogene Zone und ihr wurde gleich heiß. Schließlich hatten sie an Ort und Stelle Sex. Als sie nebeneinander auf dem flauschigen Teppich im Wohnzimmer lagen sagte Felix „Was haben wir für ein Glück. Die Kinder sind gesund und sie werden ihren Weg finden. Und wir haben nach 25 Jahren immer noch tollen Sex. Ich liebe dich

Hanna." Hanna war gerührt von seiner Liebeserklärung „Ich liebe dich auch Felix. Ja wir haben wirklich Glück. Wenn ich daran denke, was ich jeden Tag von meinen Klienten erzählt bekomme. Da bin ich froh, dass ich dich getroffen habe." Felix stand auf und sammelte die Kleidungsstücke ein. „Ich gehe duschen und ziehe mir etwas Bequemes an." Hanna stand auch auf und suchte ihre Kleider. Da fiel ihr wieder ein, dass sie vor einer Woche geglaubt hatte Felix hätte ein Verhältnis. Sie schüttelte den Kopf. „Ich bin Expertin, ich muss es ja wissen!" Sie verbrachten einen gemütlichen Sonntagabend.

Montagmorgen packte Felix seine Sporttasche. Hanna war überrascht. „Du gehst zum Sport? Ich dachte, ihr trefft euch immer Freitagabend?" Felix lächelte Hanna an. „Ich habe mir überlegt, einmal in der Woche, nur etwas für mich zu tun. Der Montagabend bietet sich dafür gut an. Hier schau" er zeigte auf seinen Bauch, „ich lege langsam Fettdepots an. Ich brauche einfach mehr Bewegung." Hanna wunderte sich. >Ob Felix mit seinem Alter zu kämpfen hatte? Oder steckte doch eine andere Frau dahinter?> Da war wieder das Gefühl, dass er ihr etwas verheimlichte. Genau das war es. Sie hatte schon immer gemerkt wenn Felix ihr etwas verheimlichen wollte. Er war kein guter Schauspieler. Aber nach dem schönen Wochenende und den vielen Gesprächen passte das einfach nicht ins Bild. Sie nahm sich vor wachsam zu sein. Dann fuhren sie getrennt zur Praxis weil Felix ja abends noch Sport machen wollte. Während des Tages kam Hanna nicht mehr dazu darüber nachzudenken wieso ihr Mann plötzlich Sport machen will. Erst als sie sich am Abend von ihm verabschiedete wurde sie wieder misstrauisch. „In welches Sportstudio gehst du eigentlich?" Felix sagte viel zu schnell „Das kennst du nicht, ist ungefähr 15 Minuten Fahrzeit von hier."

Aha! Vielleicht trifft er dort die Frau. Oder sie machen zusammen Sport und er geht hinterher noch zu ihr? Hanna schaute ihren Mann genau an. Sie meinte zu sehen, dass er etwas nervös wurde. Deshalb verabschiedete sie sich und setzte sich in ihr Auto. Hanna wollte Felix hinterher fahren. Aber als er aus dem Haus kam und sie sah, kam er auf sie zu. „Ist alles in Ordnung? Warum bist du noch nicht losgefahren?" Hanna hatte nicht bedacht, dass er ihr Auto ja kannte. Als Detektivin war sie ungeeignet. „Ich habe gerade noch mit Beate telefoniert. Jetzt fahre ich nach Hause. Bis später." Felix winkte und fuhr davon. Sie musste für die nächste Woche ein anderes Auto haben. Am besten besprach sie das mit ihrer Freundin Maike. Die könnte dann gleich mitfahren damit Hanna nicht alleine wäre. Als Hanna zu Hause war rief sie gleich Maike an. „Hallo Maike, hast du morgen Mittag mal eine Stunde für mich? Ich glaube mein Mann hat Geheimnisse vor mir!" Sie wollte nicht gleich mit der Tür ins Haus fallen. Maike lachte „Felix und Geheimnisse. Das kann ich mir nicht vorstellen." Hanna war etwas irritiert. Wieso nahm Maike ihre Sorge nicht ernst. „Maike, ich meine es ernst. Felix hat entweder eine Affäre oder sonst etwas. Er nimmt sehr spät am Abend

Patienten an und letzte Woche kam er erst um 23°° Uhr nach Hause! Und heute Abend geht er angeblich zum Sport. Geht Bert freitags nicht mehr mit Felix ins Fitness-Studio?" Maike sagte „Also, ich glaube nicht, dass Felix eine Affäre hat. Das muss andere Gründe haben. Bestimmt harmlos. Und ja, die Beiden treffen sich immer noch Freitagabends zum Sport. Bitte Hanna, vielleicht sind seine derzeitigen Patienten so schwierig, dass er erst einmal zum Sport geht um abzuschalten." Hanna war nicht überzeugt. „Er könnte es doch mit mir besprechen oder mit mir zusammen Sport machen." Maike war anderer Meinung „Hanna, ihr lebt und arbeitet zusammen! Da bekommt man ja keine Luft mehr! Vielleicht muss er auch etwas nur für sich alleine machen. Du bist doch die Expertin, das sind doch deine Worte!" Hanna musste Maike recht geben. Vielleicht ist doch alles harmlos und sie tat ihrem Mann unrecht. „Bitte Maike, sag nichts zu Bert. Ich möchte nicht, dass Felix meine Sorgen von Bert hört. Wenn du gerade alleine bist, dann komm doch auf einen Sprung vorbei. Wir trinken ein Glas Sekt zusammen." Aber Maike hatte noch etwas vor. „Tut mir leid, ich bin schon verabredet und muss auch los. Ich war schon bei der Tür als du angerufen hast. Tschüss. Lass uns morgen Mittag im Cafe Frisch einen Kaffee trinken. Um 15°°Uhr. Okay?" Bevor Hanna antworten konnte hatte Maike schon aufgelegt. Da hatte sie es aber wirklich eilig. Es tat immer gut mit Maike zu reden. Hanna war wieder beruhigt und ging eine Runde joggen. Felix kam um

22°°Uhr nach Hause. Er war noch in den Sportsachen und ging gleich duschen. Obwohl Hanna beruhigt war schnüffelte sie trotzdem an seinen Sportsachen. Außer seinem Aftershave und Schweißgeruch roch sie nichts. Jetzt ging es ihr wieder gut. Sie hatten einen schönen Abend und Hanna war glücklich.

Am nächsten Mittag traf sie sich mit Maike. Hanna erzählte ihr was sie beobachtet hatte. Doch Maike zerstreute all ihre Bedenken. Maike meinte, sie wolle sich lieber über das bevorstehende Fest unterhalten. Ihre silberne Hochzeit! „Hast du schon ein Kleid für den Abend? Und was trägst du in der Kirche?" Hanna erzählte ihr von dem sündhaft teuren Abendkleid von Valentino. Ein langes Cocktailkleid, raffiniert geschnitten, ganz in Weiß. Das passte zu ihrer gebräunten Haut und den blonden Haaren. In die Kirche am Mittag würde sie einen hellblauen Hosenanzug tragen. Felix wird wie immer einen blauen Anzug haben. Nur das Hemd wird zum Abend gewechselt. „Ach Maike, ich freue mich wahnsinnig auf den Abend. Ich fühle mich als ob ich jetzt erst heiraten würde." Maike lachte „Das ist ja auch so. Damals habt ihr nicht kirchlich geheiratet und nicht gefeiert. Ich freue mich auch, weil ich mich endlich mal wieder richtig schick machen kann. Und ich sage dir, ich werde die ganze Nacht tanzen!" Hanna lachte auch. „Das würde ich auch gerne. Felix hat in all den Jahren keinen Tanzkurs mit mir besucht und weigert sich zu tanzen. Das ist wirklich schade. Aber ich darf mir doch deinen Bert für ein paar Tänzchen ausleihen, oder?" Maike war einverstanden. Sie hatten sich so vieles zu erzählen, dass sie gar nicht merkten wie die Zeit verging. Maike schaute auf die Uhr. „Oh Hanna, ich muss los. Bert hat Karten für das Musical „Rocky" heute Abend. Mach´s gut. Bis bald." Sie verabschiedete sich und fuhren nach Hause.

Die Woche über hatte Hanna so viel zu tun, dass sie überrascht war als es schon wieder Montag war. Felix hatte wieder seine Sporttasche dabei und verabschiedete sich am Ende des Arbeitstages von Hanna. Als Hanna in ihr Auto steigen wollte kam ihr der Gedanke, dass sie vielleicht doch wissen sollte, wo Felix hinfuhr. Sie bestellte sich ein Taxi. Als sie in dem Auto saß musste sie den Fahrer erst einmal aufklären. „Guten Tag, können Sie bitte einen Moment warten. Aus dem Haus da kommt gleich ein Mann. Ich möchte, dass wir ihm hinter herfahren." Der Taxifahrer grinste. „Ihr Mann?" Hanna wäre am liebsten wieder ausgestiegen. Was machte sie hier eigentlich? Aber ihre Neugier siegte. „Fahren Sie einfach dem Herrn hinterher" sagte sie kühl. Dann kam Felix aus der Praxis und stieg in seinen Wagen. Es ging los. Es stimmte, das Sportstudio lag ungefähr 15 Minuten von der Praxis entfernt. Nachdem Felix geparkt hatte, sagte Hanna. „Okay, Sie können mich wieder zurück bringen. Danke." Der Fahrer nickte und drehte. Gerade als sie den Parkplatz verließen, sah Hanna das Auto ihrer Freundin Maike. Sie drehte sich nach dem Auto um und las das Nummernschild „HH-MM-106". Das war Maike! Was machte Maike hier im Sportstudio? „Entschuldigen Sie bitte, können Sie bitte noch einmal umdrehen? Ich meine, könnten Sie noch einmal eine Runde um den Parkplatz drehen?" Der Fahrer nickte und fuhr wieder auf den Parkplatz. Aber als das Taxi um den Parkplatz fuhr war Maike nicht mehr zu sehen. Vielleicht ist Maike nur die Straße entlang gefahren und hatte mit diesem Parkplatz hier überhaupt nichts zu tun? Resigniert sagte sie „Jetzt können wir zurück." Und da sah sie Maike! Sie kam über den Parkplatz gelaufen. Aber sie hatte keine Sporttasche dabei und auch keine Sportsachen an. Wieso ging sie dann ins Sportstudio? „Bitte halten Sie, ich steige hier aus!" Sie bezahlte das Taxi und stieg aus. Unruhig ging sie auf das Sportstudio zu. Was sollte sie sagen wenn sie Felix oder Maike traf. Unschlüssig stand sie vor dem Sportstudio. Dann kam sie sich blöd vor und ging zu Fuß zurück zur Praxis. Sie ist erwachsen und würde das mit Felix und Maike klären.

Als Felix nach Hause kam fragte sie. „Wie war es beim Sport?" Er war wieder verschwitzt und wollte gleich duschen. „Es war richtig gut heute. Ich mache Fortschritte." Hanna fragte „Fortschritte? Bei was?" Felix fühlte sich ertappt, das sah sie ganz deutlich. Er stotterte „Na, beim Sport. Letzte Woche war ich früher aus der Puste." Gerade als er aus der Tür wollte harkte Hanna nach „Kennst du dort schon jemanden?" Felix schaute sie verständnislos an. „Nein, wieso?" Hanna winkte ab. „Hätte ja sein können, dass dich ein Bekannter auf das Studio aufmerksam machte." Aber Felix verneinte. Nachdem er geduscht hatte fragte Hanna. „Schatz, wenn es mit uns nicht mehr gut läuft, ich meine, wenn du mich irgendwann nicht mehr genug liebst. Wirst du es mir sagen? Würden wir eine Paartherapie machen?" Felix war überrascht. „Wie kommst du auf so eine Idee? Hey wir feiern demnächst unsere silberne Hochzeit und die will ich auf keinen Fall verpassen!" Er nahm sie in den Arm. „Was ist los? Du hast doch etwas auf dem Herzen?" Jetzt kam sich Hanna wieder albern vor. „Ich dachte nur. Plötzlich gehst du alleine in ein anderes Sport-Studio. Wieso gehst du nicht auch Montagabend in dein Sportstudio hier?" Felix schmunzelte. „Wieso willst du das wissen? Du wirst doch nicht auf meinen Sportabend eifersüchtig sein? Hanna, in dem anderen Sportstudio kenne ich niemanden und kann in Ruhe trainieren. Das ist schon alles." Aber wohin ging Maike? Am Eingang hatte Hanna mehrere Schilder gesehen. An eines konnte sie sich erinnern. Physiotherapie war da gestanden. Ach so, vielleicht gab es da noch eine Praxis mit Massage und Physiotherapie. So muss es sein. Sie küsste ihren Mann und kuschelte sich an ihn. >Ich sehe Gespenster> dachte sie.

Mittwochs traf Hanna Maike beim einkaufen. „Hallo Maike, alles okay bei dir?" Maike strahlte Hanna an. „Mir geht es gut und dir?" Hanna sagte „Mir geht es auch gut." Maike fragte „Und? Machst du dir noch Sorgen wegen Felix?" Hanna schüttelte den Kopf „Nein, obwohl ich ihm nachgefahren bin um herauszufinden ob er wirklich ins Sportstudio geht."

Maike strahlte nicht mehr. Deutlich bemerkte Hanna, dass dieser Satz in Maike etwas auslöste. Sie bekam Herzklopfen. Maike meinte „Und? Er ist einfach ins Sportstudio gegangen oder?" Hanna nickte. „Ja, alles okay. Er war einfach nur im Sportstudio." Maike schien erleichtert. „Gut, dann kannst du das Detektiv-Spiel aufgeben. Bitte entschuldige aber ich muss los. Ich habe noch einen Termin. Tschüss." Maike drückte Hanna kurz und rannte zur Kasse. Hanna hatte das untrügliche Gefühl, dass hier etwas ganz und gar nicht stimmte.

Sie verheimlicht mir etwas! Und fast gaben ihre Beine nach als ihr der Gedanke kam, dass Maike mit Felix? Nein! Ihre beste Freundin!? Hanna war fassungslos. Sie wusste später nicht mehr wie sie nach Hause gekommen war, aber sie fand sich heulend auf ihrem Sofa wieder. Plötzlich wurde ihr klar, dass schon so viele Männer und Frauen ihr diese Gefühle beschrieben haben „es zieht einem den Boden unter den Füßen weg" aber sie konnte es nicht nachspüren. Bis heute! Jetzt wusste sie wie es sich anfühlte, wenn man erfuhr, dass der Partner einen betrog. Hanna brauchte Klarheit. Sie würde einen Detektiv damit beauftragen.

Donnerstagmittag hatte sie einen Termin bei Schröder & Schröder. Ein renommiertes Detektivbüro. Herr Schröder war gut gekleidet und wirkte auf Hanna seriös. Hanna schilderte sie ihm ihren Verdacht und wollte, dass der Detektiv Felix am Montagabend beobachtete. Der Spaß war nicht ganz billig, aber sie wollte Klarheit und Beweise! Am Abend ging sie früh schlafen. Sie sagte Felix, dass sie Kopfschmerzen hatte und zog sich zurück. Felix war etwas irritiert, denn Hanna hatte noch nie über Kopfschmerzen geklagt. Aber dann dachte er, dass es auch an den Wechseljahren liegen könnte.

Das Wochenende zog sich zäh und unfreundlich hin. Hanna konnte und wollte mit Felix nicht intim sein, ihr ganzer Körper rebellierte. Felix machte sich Sorgen. Sie waren beide glücklich als es Montag war und sie wieder arbeiten konnten. Hanna war es den ganzen Tag lang schlecht. Sie konnte sich auch nicht richtig auf ihre Paare konzentrieren. Endlich war Feierabend. Sie verabschiedete sich von Felix und fuhr nach Hause. Vor lauter Aufregung öffnete sie eine Flasche Sekt. Sie brauchte zwei Gläser, die sie schnell trank, um etwas ruhiger zu werden. Mit Herrn Schröder hatte sie vereinbart, dass er sie sofort nach der Observation anrufen würde. Nach einer endlosen Stunde klingelte ihr Handy. Es war Herr Schröder! Sie wusste im ersten Moment nicht ob sie wirklich wissen wollte was er herausgefunden hatte. Denn es könnte das Ende ihres bisherigen Lebens sein. Aber dann nahm sie das Gespräch an.

„Hallo Herr Schröder." Herr Schröder fragte ob er schnell vorbei kommen könne, denn Felix wäre ja noch beschäftigt. Hanna war einverstanden. Als er in ihrem Wohnzimmer war, zeigte er ihr die Fotos, die er machen konnte. Es waren Felix und Maike!

Aber was war das? Sie waren nicht im Sportstudio! Sie tanzten!! Felix tanzte doch nicht! „Ihr Mann und diese Frau besuchen einen Tanzkurs. Über dem Sportstudio ist eine Tanzschule. Ich habe die Beiden lange beobachtet, aber sie küssten sich nicht. Ihr Mann war hochkonzentriert und ist dennoch oft auf die Füße der Frau getreten. Hier sehen sie sich diese Bilder an. Sie macht keinen glücklichen Eindruck!" Hanna fing an zu lachen. Sie war erleichtert. Herr Schröder fragte „Können Sie damit etwas anfangen?" Hanna überlegte. „Mein Mann lernt tanzen! Ich glaube es nicht! Wir sind dieses Jahr 25 Jahre verheiratet und er hat sich immer geweigert einen Tanzkurs zu besuchen. Und jetzt das! Maike, diese Frau auf dem Bild, ist meine Freundin. Eine sehr gute Tänzerin. Das ist ja ein Ding! Und ich dachte die Beiden haben hinter meinem Rücken eine Affäre!" Hanna lachte und weinte zugleich. „Vielen Dank Herr Schröder, Sie haben mir gerade eine große Freude gemacht. Danke." Nachdem Herr Schröder gegangen war machte sich Hanna sorgfältig zurecht und stellte eine Flasche Champagner kalt. Sie wollte ihrem Mann zeigen wie sehr sie ihn immer noch liebte. Hanna war glücklich, Felix lernte tanzen! Sie konnten bei der silbernen Hochzeit endlich zusammen tanzen. Sie war selig.

Als Felix nach Hause kam, die vielen Kerzen und Hanna in eindeutiger Pose sah, war er überrascht. „Hallo Schatz, wie ich sehe geht es dir wieder besser. Was war denn los mit dir in den letzten Tagen?" Er kam zu ihr und küsste sie. Hanna sah ihn schuldbewusst an „Es tut mir leid aber es beschäftigte mich etwas. Aber jetzt ist alles wieder gut." Felix küsste sie noch einmal und wollte erst unter die Dusche. Aber Hanna hielt ihn zurück. „Du kannst später duschen. Komm her." Felix war froh, dass seine Hanna wieder da war. Als Hanna den Champagner köpfte fragte er „Haben wir etwas zu feiern?" Hanna lachte „Oh, ja. Wir feiern uns! Aber im Ernst ich muss dir etwas beichten. Ich war eifersüchtig, ich dachte du hättest eine Affäre als du plötzlich anfingst am Montagabend verschwitzt nach Hause zu kommen. Ich bin dir nachgefahren und habe gesehen, dass du dich mit einer Frau triffst. Als ich Maike erkannte war ich außer mir." Felix lachte. „Du dachtest ich habe eine Affäre? Nein oder?" Er schüttelte den Kopf. „Oh Hanna, es sollte eine Überraschung werden! Ich lerne tanzen! Das ist mein Geschenk!" Und etwas resigniert „das war mein Geschenk für dich." Hanna nahm Felix in den Arm und sagte „Es tut mir sehr leid aber ich habe jeden Tag mit Paaren zu tun bei denen einer fremdging. Und so hat es bei vielen auch angefangen. Plötzlich macht der Partner etwas alleine, geht ins Fitness-Studio usw. Ja und dann habe ich gesehen, dass ihr tanzt." Das mit dem Detektivbüro erwähnte sie nicht. Felix nahm Hanna in den Arm. „Wenn ich gewusst hätte, dass du dir solche Sorgen machst, hätte ich es dir erzählt." Hanna küsste ihn. „Danke, ich danke dir vielmals. Ich bin sehr froh, dass ich es jetzt weiß. Wenn du möchtest kann ich mit dir den Tanzkurs weiter machen? Wenn ich richtig gesehen habe bist du Maike ständig auf die Füße gestiegen." Hanna lachte lauthals und Felix stimmte ein. „Ja das machen wir. Maike war heute Abend nicht mehr freundlich als wir uns verabschiedeten. Sie hat gesagt sie bekäme Hühneraugen mit mir! Und es war auch kein schönes Gefühl dir etwas vorzumachen. Ich bin froh, dass du es jetzt weißt. Aber ich fühle mich geschmeichelt, dass du mir eine Affäre zutrauen würdest." Er neckte sie und Hanna trank in einem Zug das Glas Champagner leer. Dann sah sie ihn an und sagte. „Weißt du, wenn man so lange zusammen ist wie wir, dann vergisst man manchmal, was für ein Glück man hat. Es hat mir gezeigt, dass man bewusster und achtsamer mit seinem Partner leben sollte. Vielleicht können wir ab und zu mal Samstagabends tanzen gehen? Eine neue Erfahrung für uns." Felix lächelte „Gute Idee. Tanzen macht mir tatsächlich Spaß. Komm ich zeige es dir." Die ersten gemeinsamen Tanzschritte übten sie im Wohnzimmer beschwingt vom Champagner.

Ihren Hochzeitstag werden Sie nie vergessen. Sie tanzten bis in die Morgenstunden.

Lebens Liebe

Franz saß auf einer Bank im Park. Er hatte sich mittlerweile eingelebt. Zuerst ist es ihm schwergefallen sein Haus aufzugeben um hier in eine betreute Wohnung zu ziehen. Aber seit seine Frau Agnes gestorben ist, war das Haus zu groß geworden und er fühlte sich einsam. Fast alle Freunde lebten mittlerweile bei den Kindern oder in betreutem Wohnen. Kein Wunder, wenn man bald 75 Jahre alt war. Er ließ sich von der ersten Frühlingssonne wärmen. Jeden Tag nach dem Mittagessen schlief er ein wenig und ging bei schönem Wetter in den Park. Dort traf er jeden Mittag Erwin. Er hörte Erwin kommen bevor er ihn sah. Erwin hinkte mit dem rechten Fuß und wenn er über den Schotterweg lief, hörte man den Ausfallschritt. Als er Franz erblickt rief er „Hallo Franz, ich habe eine Neuigkeit." Kaum saß er neben Franz auf der Bank als es schon aus ihm heraussprudelte „Wir haben einen Neuzugang! Eine Dame! Sehr vornehm, soweit ich das von der Ferne sehen konnte. Den Namen der Dame habe ich auf den Umzugskartons gelesen, die gerade in die Wohnung getragen werden. Eine Frau Doktor Feline Burmeister. Jetzt werden wir hier akademisch!" Erwin lachte als er den überraschten Franz anblickte.

Endlich wusste er mal etwas vor ihm. Normalerweise erfuhr Franz immer als erster was im Wohnpark los war. Erwin ruhte sich lächelnd auf seiner Nachricht aus. Franz war bei dem Namen Feline sofort aufgestanden. „Weißt du woher die Dame kommt? Ich meine, aus welcher Stadt?" Erwin schüttelte den Kopf. Franz war ganz aufgeregt und erklärte „Ich kannte mal eine Feline Burmeister aus Graz! Entschuldige Erwin, aber ich muss wissen ob das meine Feline ist." Dann drehte er sich um und ging so schnell er konnte zurück zum Wohnpark. Erwin war überrascht. Er wäre ja mitgekommen um den Neuzugang zu begrüßen. Aber Franz hatte es sehr eilig.

Von weitem sah Franz den Möbelwagen. Da er nicht wusste welche Wohnung bezogen wurde, ging er einfach hinter einem Möbelpacker her. Als dieser im zweiten Stock auf eine Wohnungstür zuging nahm Franz seinen Mut zusammen und klopfte an der Tür. Aber niemand schien ihn wahrzunehmen. Er trat ein. Hier liefen einige Möbelpacker hin und her. Alle hörten auf das Kommando einer jungen Frau. Als sie ihn sah kam sie lächelnd auf ihn zu. „Guten Tag, Sie wollen bestimmt schon mal guten Tag sagen. Aber da müssen Sie sich bis morgen gedulden. Wir können heute noch keinen Kaffee anbieten." Franz schüttelte den Kopf. „Ich komme nicht wegen eines Kaffees. Können Sie mir sagen ob Frau Burmeister aus Graz stammt?" Die junge Frau zog überrascht die Augenbrauen hoch. „Sie kennen meine Mutter? Das ist ja eine Überraschung!" Dann drehte sie sich um und rief „Mama, kannst du mal kommen! Du hast Besuch!" Franz sah in die Richtung in der er Feline vermutete. Und dann stand sie da. Sie erkannte ihn gleich wieder. Franz lächelte und sagte leise „Feline!" Feline lächelte jetzt auch und kam auf ihn zu „Franz! Das gibt es doch nicht. Franz." Sie nahmen sich an den Händen und lächelten sich an. Franz erklärte „Ich wohne seit einem Jahr hier im Wohnpark. Im nächsten Haus." Feline lächelte immer noch. „Das ist ja eine wunderbare Überraschung." Alle Arbeiter blieben stehen und schauten auf die beiden Menschen die sich anscheinend wieder gefunden haben. Feline bemerkte es „Felicitas mein Kind, das ist ein alter Freund aus Jugendtagen. Franz, das ist meine Tochter Felicitas." Franz begrüßte Felicitas. „Sie sehen genauso aus wie Ihre Mutter in jungen Jahren." Franz war immer noch ein Charmeur. Felicitas übernahm wieder das Kommando damit die Möbel an die richtige Stelle kamen. Feline führte Franz in die Küche. „Die Küche ist schon fertig eingerichtet. Möchtest du einen Tee?" Franz wollte beim Einzug nicht stören und meinte. „Als mein Freund Erwin deinen Namen nannte, musste ich einfach kommen und herausfinden ob du es bist. So oft gibt es den Namen Feline nicht. Aber ich möchte dich bei deinem Einzug nicht stören. Du hast bestimmt noch viel zu tun." Feline schüttelte den Kopf. „Das macht alles meine Tochter. Sie weiß wo die Möbel hinkommen. Ich wollte mir gerade eine Tasse Tee machen. Du störst überhaupt nicht." Franz strahlte und setzte sich. „Wenn das so ist, dann trinke ich gerne eine Tasse Tee mit dir." Feline stellte Tassen auf den Tisch und brühte einen Kräutertee an. „Ich nehme an dein Geschmack hat sich nicht geändert?" Er lächelte „Nein, ich trinke ihn immer noch." Feline setzte sich ihm gegenüber. „Ach Franz, welch eine Fügung des Schicksals hat uns hier zusammen gebracht. Wie geht es dir? Lebst du hier alleine? Erzähle mir wie es dir ergangen ist." Franz legte seine Hand auf ihre. „ Meine Frau ist vor einem Jahr gestorben und meine Tochter meinte, ich solle jetzt in ein betreutes Wohnheim ziehen. Sie lebt in Spanien und kann sich nicht um mich kümmern. Das wollte ich auch gar nicht. Die Kinder sollen ihr eigenes Leben haben. Zuerst ist es mir schwer gefallen mein altes Leben einzutauschen. Aber mit der Zeit habe ich mich eingelebt. Wie du siehst bin ich nie von Heidelberg fortgegangen. Wahrscheinlich werde ich hier auch sterben. Und du? Wie kommst du hierher? Wo hast du gelebt?" Feline erzählte „Meine Tochter lebt seit Januar in Heidelberg. Sie ist Hautärztin und konnte hier in eine Praxis einsteigen. Meinem Schwiegersohn und den beiden Jungs gefiel Heidelberg auch. Felicitas wollte mich in ihrer Nähe haben und hat mir diesen Wohnpark schmackhaft gemacht. Hier bin ich also." Franz hatte noch viele Fragen „Du lebst alleine hier?" Feline lächelte „Ja, ich bin schon lange geschieden und habe Felicitas alleine großgezogen. Sie ist mein ein und alles. Wir verstehen uns sehr gut ohne uns auf die Nerven zu gehen." Franz nickte „Es ist nicht gut gegangen mit dem Fürst?" Feline schüttelte den Kopf „Nein, als wir verheiratet waren hat er sein wahres Gesicht gezeigt. Er hat zu viel getrunken und kam nachts oft nicht nach Hause. Am Morgen roch er dann nach Schnaps. Kurz nach der Geburt von Felicitas bin ich zurück zu meinen Eltern. Mein Vater hat eingesehen, dass die Heirat, die er unbedingt wollte, ein Fehler war. Er wollte halt für seine Tochter nur das Beste. Ein Adelstitel blendet viele Menschen."

Franz war traurig „Das tut mir sehr leid Feline. Und dann?" Feline schenkte Tee nach. „Da sich meine Mutter hingebungsvoll um Felicitas kümmerte, konnte ich Medizin studieren. Ich hatte bis zu meinem 65. Geburtstag eine Praxis für Allgemeinmedizin in Graz." Franz hatte glänzende Augen „Ich habe mich oft in meinem Leben gefragt ob ich mich gegen die Schreinerei und den Willen meiner Eltern hätte auflehnen müssen. Vielleicht hätten wir doch eine Chance gehabt?" Feline schüttelt den Kopf „Ach Franz, mein Vater hätte nie zugelassen, dass ich einen Schreiner heirate. Und schon gar nicht einen katholischen Mann. Er war ein Lutheraner und verabscheute die katholische Kirche." Nach einer Pause sprach sie weiter „Heute, heute hätten wir eine Chance. Aber damals war es einfach nicht möglich. Ich hatte ein gutes Leben. Es war ausgefüllt mit meiner Arbeit und meinem Kind. Als Felicitas zu Hause auszog war ich in meiner Freizeit viel auf Reisen. Ich habe die ganze Welt gesehen." Franz tat das Herz weh. „Gab es keinen Mann mehr in deinem Leben?" Feline schüttelte den Kopf und sah ihn lange an. „Es gab viele Flirts aber keiner konnte mein Herz erobern. Ich habe mich mit meinem Schicksal abgefunden und mich mit Gott versöhnt. Es hat alles einen Sinn im Leben. Ohne Mann konnte ich mich voll und ganz auf meine Arbeite konzentrieren und war in vielen Ehrenämter tätig, die mich ausfüllten.- Und du? Bist du glücklich geworden?" Franz atmete tief ein bevor er erzählte. „Ich habe auf Wunsch meines Vaters die Anna geheiratet. Sie war aus Neckargemünd. Mit Annas Mitgift konnten wir Land kaufen und eine große Schreinerei bauen. An meinem 70zigsten Geburtstag habe ich die Schreinerei verkauft. Leider habe ich keinen Nachfolger." Jetzt war Feline traurig. „Du hast aber eine Tochter?" Franz schluckte. „Ja, mein ganzer Stolz. Wir hatten auch einen Jungen, er hieß Albert. Er ist nur acht Jahre alt geworden." Feline traten Tränen in die Augen. „Was ist denn passiert?" Franz musste sich immer noch zusammen nehmen wenn er über den Tod seines Jungen sprach. „Er hat auf den Baumstämmen hinter der Schreinerei gespielt. Plötzlich ist die Verankerung gerissen und die Stämme haben ihn unter sich begraben. Es war ganz schrecklich für uns. Wenn wir nicht Annabell, unsere Tochter, gehabt hätten, ich weiß nicht was aus uns geworden wäre. Anna war sehr gläubig und hat dieses Unglück als Unglück angenommen. Ich bin noch im selben Monat aus der Kirche ausgetreten. Gott hat mir zwei meiner liebsten Menschen genommen. Zuerst die Frau die ich liebte," dabei schaute er Feline tief in die Augen, „und dann meinen Sohn. Ich wollte für meine Familie arbeiten und mein Los tragen. Aber mit diesem Verlust bin ich nicht fertig geworden." Feline versuchte ihn zu trösten „ Franz, es war nicht Gott der dir dein Leben schwer machte. Damals war es so, dass die Kirche ihre Schäfchen nicht gehen lassen wollten und um jeden Kirchenzahler buhlten. Die Katholiken haben nie die Protestanten anerkannt. Und die Protestanten verachteten die Katholiken. Es waren Menschen die so gehandelt haben. Gott hätte das nicht gewollt. Er liebt alle Menschen, egal wie sie aussehen und egal wo sie herkommen. Es ist die Gier, der Stolz und das Ego, die solch ein Leid über die Menschen bringen." Franz meinte „Vielleicht hast du Recht. Aber der Tod meines Sohnes habe ich ihm nicht vergeben." Feline streichelte seine Hand. „Es war ein Unglück. Du machst dir doch nicht Vorwürfe deswegen? Oder ?" Franz schluchzte jetzt „Doch, ich habe mir das Gehirn zermartert was ich hätte tun können um dieses Unglück zu verhindern. Ich hätte ihm verbieten müssen auf den Stämmen zu laufen. Aber wer hätte das ahnen können?" Feline war tief getroffen. „Franz" sagte sie sanft, „es war ein schreckliches Unglück. Du darfst dir vergeben." Franz schüttelte den Kopf. „Das nehm ich mit ins Grab." Er wischte sich die Tränen aus den Augen und atmete tief durch. „Schluss mit den alten Geschichten. Ich freue mich so dich zu sehen. Kann ich dir vielleicht beim Einzug helfen? Ich kenne mich hier sehr gut aus." Feline lächelte. „Danke Franz. Wenn du mich morgen herumführen würdest? Das wäre mir schon eine große Hilfe. Und seit ich weiß, dass du hier bist, bin ich angekommen." Franz und Feline standen auf und umarmten sich. „Ich wünsche dir noch einen schönen Tag Feline." Beim rausgehen verabschiedete er sich auch von Felicitas.

Weil er nicht wusste was er noch mit dem Tag anfangen sollte ging Franz wieder in den Park zu seiner Bank. Erwin saß immer noch da. Franz meinte, es müssten schon Stunden vergangen sein. Aber er war lediglich eine Stunde bei Feline. Erwin freute sich Franz noch einmal zu sehen. „Wo bist du denn so schnell hingerannt? Was war denn los?" Franz setzte sich zu Erwin und sagte „Feline Burmeister ist meine Jugendliebe! Ich habe meine erste und einzige Liebe wieder gefunden." Erwin war sprachlos. „Das glaube ich jetzt nicht. Wirklich?" Franz erzählte, dass er schon eine Tasse Tee mit ihr getrunken und ihre Tochter kennen gelernt hatte. Erwin war neugierig. „Wo habt ihr euch denn kennen gelernt? Du bist in Heidelberg geboren und sie kommt von Graz? Wie geht das denn?" Franz holte tief Luft und erzählte „Feline ist in Graz geborgen. Ihr Vater war österreichischer Botschafter und die Familie zog alle paar Jahre um. Feline war schon in Amerika, in Afrika, im Sudan und was weiß ich wo alles. Aber in den Ferien durfte sie zu ihrer Tante nach Heidelberg. Sie verbrachte viele Ferien hier in unserer Nachbarschaft. Als ich jünger war wunderte ich mich immer über das blasse Mädchen, das die Tante Berta durchfütterte. Wir beachteten sie nicht, denn es hieß, sie wäre etwas Besseres weil sie Abitur machte und studieren wollte. Dann kam sie drei Jahre gar nicht. Plötzlich war sie 18 Jahre. Es war an unserer Kirchweih. Tante Berta kam und fragte ob ich Feline mit auf das Fest nehmen würde. Alleine würde sie sich nicht trauen und Tante Berta wollte sich das nicht mehr antun. Also holte ich sie am Abend ab. Als die Tür aufging sah ich zuerst die dicke Berta, die mir erzählte was Felina durfte und was nicht und wann ich sie wieder nach Hause bringen muss. Als die Tante zur Seite trat stand da ein wunderschönes Mädchen mit langen, braunen Haaren und Augen so blau wie der Ozean. So ein schönes Mädchen habe ich zuvor noch nie gesehen. Sie sagte schüchtern „Hallo" und ging einfach mit mir mit. Ich war wie berauscht von diesem schönen Wesen. Und wie klug sie war. Sie wusste, dass ich in der Schreinerei meines Vaters arbeitete und dass ich meinen Meister machen wollte. Ich habe mich zuerst nicht getraut mich richtig mit ihr zu unterhalten. Aber nach einem Glas Bier war ich entspannter. Wir tanzten dann den ganzen Abend bis sie rote Wangen hatte. Auf dem Weg nach Hause hielt sie selbstverständlich meine Hand. Ich war der glücklichste Mann auf Erden. Sie sagte, dass sie noch drei Wochen in Heidelberg wäre und ob ich wieder Zeit für sie hätte. So kam es, dass wir jede freie Minute miteinander verbrachten. Nach einer Woche küssten wir uns. Nach der zweiten Woche schmiedeten wir Pläne für die Zukunft. Kurz bevor sie wieder abreisen musste schrieb sie ihrem Vater, dass sie sich verliebt hatte und in Heidelberg studieren wollte.

Du kannst dir vorstellen was dann los war. Ihr Vater schrieb ein Telegramm nach dem anderen an Tante Berta und verbat jeglichen Umgang mit mir. Mein Vater wurde zum Rathaus gerufen. Man machte ihm deutlich, dass ein Schreiner kein Umgang für die Tochter eines Botschafters sei. Noch dazu eines Protestanten. Mein Vater war so beschämt, dass er mich windelweich schlug. Er verbot mir auch den Kontakt zu Feline.

Aber wir ließen uns nicht auseinander bringen. Fortan schrieben wir uns. Natürlich nicht nach Hause. Sie schrieb ihrer Freundin Sabine. Die gab mir die Briefe und verschickte meine mit ihrer Adresse. So hielten wir fast drei Jahre Kontakt. An ihrem 21. Geburtstag fuhr sie heimlich zu mir nach Heidelberg. Als sie vor unserer Haustür stand wollte ich sie nie wieder gehen lassen. Wir gingen zu meinem Vater und sagten, dass wir heiraten wollten. Er tobte und schrie. Nie im Leben kommt mir eine Protestantin ins Haus. Feline wohnte bei ihrer Tante Berta. Ich dachte, ich könnte meinen Vater überzeugen. Aber er hatte andere Pläne mit mir. Ich sollte Anna heiraten um mit der Mitgift die Schreinerei vergrößern. Der Botschafter würde mich nie als Schwiegersohn akzeptieren, sagte er. Ich solle mir das aus dem Kopf schlagen. Zwei Tage später kamen Felines Eltern angereist. Sie redeten mit Engelszungen auf sie ein. Sie hätte etwas Besseres verdient als ein Leben in einer Schreinerei. Zudem hatte ein befreundeter österreichischer Fürst um Felines Hand angehalten. Selbst die Kirche war gegen uns. Der katholische wie auch der evangelische Pfarrer weigerten sich uns den Segen zu geben. Wir gaben auf. Ich konnte nicht mehr mit ansehen wie sich Feline zwischen mir und ihren Eltern entscheiden sollte. Sie liebte ihre Eltern sehr und litt unter dem Zerwürfnis. Schweren Herzens sagte ich ihr, dass sie an der Seite eines Fürsten besser leben kann als bei einem armen Schreiner. An unserem letzten Abend weinten wir lange und liebten uns. Erwin, nie wieder liebte ich eine Frau wie Feline. So etwas gibt es nur einmal." Als Franz geendet hatte, wischte sich Erwin eine Träne aus den Augen. „Ach Franz, das war schon schlimm früher. Die katholische Kirche hat viele Menschen ins Unglück gestürzt. In jedem Dorf gab es Liebespaare die nicht heiraten durften weil sie nicht die gleiche Konfession hatten. Aber du warst lange mit Anna verheiratet. War das dann eine Zweckgemeinschaft?" Franz verneinte „Nein, die Anna war mir wirklich eine gute Frau. Sie wusste, dass ich eine andere liebe und war sehr einfühlsam. Sie hat sich nie beklagt oder war böse auf mich. Es tat mir oft leid, dass ich ihr nicht die Gefühle entgegenbringen konnte die ich für Feline hatte. Wir haben bis auf den Tod unseres Jungen ein gutes Leben zusammen gehabt. Ich bin meiner Anna sehr dankbar." Erwin atmete tief ein und aus. „Meine Gerda war mir auch eine gute Frau und Gefährtin. Ich vermisse sie immer noch und es vergeht keinen Tag an dem ich nicht mit ihr spreche. Vor dem Tod habe ich keine Angst, denn dann treffe ich Gerda wieder. Was meinst du?" Franz nickte „Davon bin ich überzeugt. Wir werden uns alle wieder sehen. Aber noch nicht jetzt. Jetzt habe ich meine einzige Liebe wiedergefunden und will das noch ein bisschen genießen."

Erwin verstand Franz. Aber Erwin war zehn Jahre älter als Franz und hatte keine Freude mehr am Leben. Es war an manchen Tagen nur noch ein Warten. Ein Warten auf den Tod . Er war zufrieden wie sein Leben verlaufen war. Gerda war die Liebe seines Lebens und hatte ihm zwei Söhne geschenkt. Beide sind Rechtsanwälte geworden. Es ging ihnen allen gut. Er hatte als Oberstudienrat gutes Geld verdient und seiner Familie ein gutes Leben bieten können. Mit seiner Gerda hatte er die ganze Welt gesehen. Sie haben sich über die Hochzeiten der Söhne gefreut, über die Geburten ihrer mittlerweile fünf Enkelkinder und sich nach über 50zig Jahre immer noch gut verstanden. Erwin konnte sich kein besseres Leben vorstellen. Deshalb haderte er manchmal mit Gott, der ihn so lange warten ließ. Aber heute freute er sich mit seinem Freund Franz. Vielleicht waren Feline und Franz noch ein paar glückliche Jahre vergönnt? Mit diesen Gedanken verabschiedete sich Erwin. Er hatte noch eine Physiotherapie.

Franz blieb noch eine Weile auf der Bank sitzen. Er musste seine Gefühle sortieren. Als er Erwin von Anna erzählte, hatte er bemerkt, dass er sie vermisste. Ob das die Gewohnheit war oder ob er sie doch geliebt hatte? Er war sich dessen heute erst bewusst geworden. Ja, wenn er so darüber nachdachte, dann hatte er sich immer verboten Anna zu lieben. Warum? Da fiel es ihm wie Schuppen aus den Augen. Weil er Angst hatte, die Liebe zu Feline zu verraten. Freudentränen kamen über seine Wangen. Er war seit langem glücklich, dass er so eine gute Ehe geführt hatte. Ja, wenn ich es recht bedenke, dann habe ich Anna geliebt. Was hatte sie immer zu ihm im Scherz gesagt? *Du weißt nicht, dass du mich liebst, aber du tust es*. Er hatte darauf nie geantwortet aber heute war ihm bewusst geworden, dass es so war. Oh Franz, was hast du dich all die Jahre bei Gott beschwert über dein Leben. Dabei war es gut gewesen. Im Nachhinein sah Franz, dass er zufrieden war. Annabell war eine tolle Tochter, die mit ihrer Fröhlichkeit Glück ins Haus brachte und Anna hatte ihm nie Vorwürfe gemacht wegen den Baumstämmen. Er schaute nach oben und sagte laut. „Anna, ich danke dir für deine Liebe und Treue. Hörst du, du hattest recht." Er lächelte. Was für dumme Menschen wir doch manchmal sind. Vielleicht hatte es Gott doch gut mit ihm gemeint, als er ihm Anna zur Seite stellte. Davon war er jetzt überzeugt. Er atmete noch einmal tief durch und ging schnellen Schrittes zu seiner Wohnung. Er wollte noch schnell ein paar Blumen kaufen und Anna auf dem Friedhof besuchen.

Am nächsten Morgen kam er gegen 10:30 Uhr zu Feline. Es sah aus als ob sie schon eine Weile hier leben würde. Die Bilder waren aufgehängt, das Geschirr in den Schränken und kein Karton war mehr zu sehen. „Könnt ihr zaubern?" fragte Franz, als er die schöne Wohnung sah. Feline lächelte und nickte „Meine Tochter und ihre Familie haben bis spät in die Nacht gearbeitet." Franz lobte die Einrichtung und den Fleiß ihrer Familie. „Was möchtest du denn zuerst sehen hier im Wohnpark?" Feline hatte sich schon eine Liste gemacht. „Also, zuerst sollte ich zur Hausverwaltung um noch ein paar Dokumente zu unterschreiben, dann wüsste ich gerne wo die Poststelle, das Lebensmittelgeschäft und der Friseur sind. Dann kannst du mir den Weg zum Ärztehaus zeigen. Und ich habe gehört hier gäbe es eine ausgezeichnete Pizzeria? Denn nach getaner Arbeit wollte ich dich mit einem Mittagessen belohnen. Was meinst du?" Franz war mit allem einverstanden. Er genoss einfach das Zusammensein mit Feline. Sie gingen los und Franz zeigte ihr alles und stellte sie überall vor. Gegen 12:30 Uhr erreichten sie die Pizzeria. Giovanni kam Franz freudig entgegen. „Guten Tag Franz, oh, heute mit Begleitung." Er gab zuerst Feline die Hand und schaute Franz dabei an. Franz verstand. „Giovanni, das ist Frau Dr. Feline Burmeister. Meine Freundin aus Jugendtagen. Sie ist gestern hier eingezogen." Giovanni gab auch Franz die Hand und führte sie zu einem schönen Tisch mit Blick in den Park. „Für meinen Freund Franz den besten Tisch. Darf es ein Glas Champagner sein?" Franz lachte Feline an „Ich würde gerne mit dir auf unser Wiedersehen anstoßen. Möchtest du ein Glas Champagner?" Feline lachte ebenfalls. „Sehr gerne." Sie hatte es noch nicht ausgesprochen da waren die

Gläser auch schon da. „Die gehen natürlich aufs Haus." Giovanni brachte noch die Speisekarte, dann lies er die Beiden alleine. Franz musste Feline immer wieder ansehen. Doch Feline war über Nacht gealtert. Ob sie zu viel gearbeitet hatte? Er machte sich Sorgen. „Du siehst erschöpft aus. Ich hoffe du hast dich bei dem Einzug nicht übernommen? Bitte entschuldige wenn ich so direkt bin." Feline trank einen Schluck und nickte. „Ja, es war viel Arbeit gestern. Nachdem du gegangen warst habe ich viel nachgedacht und kaum geschlafen. Welch ein Wunder dich hier wieder zu treffen. Und welch ein Glück, dass du noch lebst." Franz strahlte" Das sehe ich ganz genauso. Es ist so schön mit dir hier zu sitzen und zu reden." Feline lächelte. Ihr Franz war zwar älter geworden aber seinen guten Charakter hatte er behalten. Sie sah Freundlichkeit, Zuneigung und Glück in seinen Augen. Sie überlegte ob sie ihm schon jetzt die Wahrheit über Felicitas sagen konnte. Aber sie entschied, dass sie zuerst mit Felicitas sprechen musste. Felicitas wusste nur, dass ihr Vater die große, heimliche Liebe ihrer Mutter war. Das hatte ihr immer genügt weil Feline viel von Franz sprach. Wenn Franz und Felicitas vor einem Spiegel gestanden wären, hätten sie die Ähnlichkeit gesehen. Franz war total ahnungslos aber Felicitas hatte ihn gestern länger betrachtet als sie erfuhr, dass Franz ein alter Freund aus Jungendtagen war. Sie war so in Gedanken versunken, dass sie die Frage nach ihrem Essenswunsch nicht hörte. „Feline, was darf Giovanni dir bringen?" Sie bestellten sich die gleiche

Pizza und mussten wieder lächeln. So viele Dinge hatten sie gemeinsam. Sie tranken den Kaffee schwarz, schliefen nie länger als 5 Stunden und liebten Pizza Margaritha. Das war schön mit einem Menschen zusammen zu sein der einen ohne Worte verstand. Nach dem Essen gingen sie durch den Park zurück zu Felines Wohnung. Sie brauchte ein Mittagsschläfchen.

Feline war wirklich erschöpft aber sie musste dringend ihre Tochter sprechen. Sie erreichte sie auf ihrem Handy an. „Hallo Liebes, hättest du heute Abend noch ein halbes Stündchen Zeit für mich? Nicht räumen oder putzen. Nur reden. Ich möchte dir mehr von deinem Vater erzählen." Felicitas war so überrascht, dass sie auf keinen Fall bis abends warten wollte. „Mami, ich komme sofort." Als Felicitas auf dem Sofa saß kam Feline gleich zur Sache. „Mein liebes Kind, ich konnte dir den Namen deines Vaters nie sagen weil er, wie du weißt, verheiratet war und Kinder hatte. Du kennst ja die ganze Geschichte, aber jetzt ist seine Frau gestorben und ich habe ihn wieder gefunden." Felicitas erkannte in den Augen ihrer Mutter die Wahrheit. „Es ist Franz! Nicht wahr?" Feline nickte. „Als ich gesehen habe wie ihr euch angeschaut habt bekam ich sofort so eine Ahnung. Mami das ist ja wirklich ein Wunder. Wie war sein Leben? Hat er die Schreinerei seines Vaters übernommen? Ist er glücklich geworden?" Feline lächelte traurig „Er hat die Schreinerei nach dem Tod seiner Frau verkauft und ist hierher gezogen. Seine Tochter lebt mit Familie in Spanien und kann sich nicht um ihn kümmern. Sein Sohn ist leider mit acht Jahren tödlich verunglückt. Franz macht sich deshalb immer noch Vorwürfe. Aber er hatte ansonsten ein gutes Leben. Er ist immer noch freundlich, neugierig und charmant. Unsere Liebe ist nach all den Jahren nicht verloren gegangen. Ich bin so glücklich, dass ich ihn noch einmal gefunden habe." Feline lächelte und weinte vor Freude. Felicitas nahm ihre Mutter in den Arm. „Ach Mami, was für ein Glück. Endlich kann ich meinen Vater kennen lernen. Und eine Schwester habe ich auch noch! Meine Männer werden Augen machen wenn ich ihnen das erzähle. Wann treffe ich Franz, ich meine, Vater?" Feline nahm die Hand ihrer Tochter. „Ich habe es ihm noch nicht gesagt. Zuerst wollte ich mit dir sprechen. Hoffentlich ist er nicht böse auf mich. Vielleicht hätte ich ihm damals von dir erzählen sollen anstatt den Fürsten zu heiraten. Nur der Fürst kannte die Wahrheit. Er war mit meiner Schwangerschaft einverstanden, weil er dachte, er bekäme einen Stammhalter. Was niemand damals wusste. Er war schwul und brauchte eine Ehefrau. Es kam ihm gerade recht, dass ich schwanger war." Felicitas tröstete ihre Mutter. „Du warst jung und du hattest Angst vor deinem Vater. Wie hättest du anders handeln können. Mir warst und bist du eine wirklich gute Mutter. Und wenn ich jetzt das Glück habe meinen Vater kennen zu lernen, dann ist alles gut." Feline war froh, dass Felicitas endlich ihren leiblichen Vater kennen lernen konnte. Sie musste es nur noch Franz schonend beibringen. Ob er ihr verzeihen würde wenn er die Wahrheit erfuhr? Feline war sich da nicht sicher. Sie hatte ein bisschen Angst.

Nachdem Felisitas gegangen war, schlief sie ein bisschen. Gegen 16°° Uhr kam Franz. Er wollte ihr seine Wohnung zeigen und hatte Kuchen besorgt. Als Feline die Tür öffnete und in sein Gesicht sah, sah sie nur Liebe. Das beruhigte sie ein wenig. Seine Wohnung war genauso groß wie ihre aber es gab zwei Terrassen. Die Wohnung war heller. Er zeigte ihr alles voller Stolz. „Ich bin gerne draußen, deshalb wollte ich zwei Terrassen. Und wenn ich irgendwann eine Gehhilfe brauche bin ich hier auch richtig. Komm setz dich, ich habe draußen gedeckt." Feline ließ sich von Franz bedienen. Es war ein sehr schönes Gefühl. Nach dem Kaffee öffnete er eine Flasche Wein. Feline trank einen großen Schluck bevor sie anfing zu erzählen. „Franz, ich muss dir etwas sagen. Es ist vielleicht schmerzhaft für dich und du wirst mich verurteilen aber ich bitte dich mir zu verzeihen." Franz sah sie erschrocken an. Er konnte sich nicht erklären was Feline meinen könnte. „Franz, als wir uns an unserem letzten Abend liebten ist das nicht ohne Folgen geblieben. Ich bemerkte es erst als ich mitten in den Hochzeitsvorbereitungen war. Ich wollte Heinrich, den Fürsten, nicht belügen und sagte es ihm. Aber anstatt mich davon zu jagen nahm er es mit Freude auf. Er war schwul und brauchte diese Ehe, der Gesellschaft und seiner Familie wegen. So war er begeistert, denn er brauchte nicht mit mir die Ehe zu vollziehen. Von Tante Berta hatte ich erfahren, dass du auch mit Hochzeitsvorbereitungen beschäftigt warst. Deshalb dachte ich damals, es ist das Beste wenn ich beim Fürsten bleibe und mein Kind in Ruhe aufziehen kann. Allerdings war er nach der Geburt von Felicitas enttäuscht, dass es kein Junge war. Dann verließ ihn sein langjähriger Geliebter und der Fürst wurde zu einem Monster. Als er mich eines Tages im Rausch schlug, packte ich meine Tochter und ging zurück zu meinen Eltern. Den Rest kennst du." Franz war mit jedem Satz den Feline sagte, bleicher geworden. Feline ließ ihm Zeit. Franz brauchte eine Weile um das Gesagte zu begreifen. Nun nahm er Felines Hände. „Es tut mir sehr leid, dass du das alles ertragen musstest. Wie könnte ich dich oder deine Entscheidung verurteilen! Du hast getan was möglich war. Ach Feline, warum war uns das nicht vergönnt gemeinsam durch das Leben zu gehen?" Nach einer Pause verstand er erst „Ich habe noch ein Kind! Eine wunderschöne Tochter. Sie sieht aus wie du. Weiß sie wer ihr Vater ist?" Feline weinte und lachte zugleich. „Ja, ich habe es ihr vor zwei Stunden erzählt. Sie wusste nur, dass ich ihren Vater sehr geliebt habe, ihn aber nicht heiraten durfte. Als sie gestern sah, wie wir uns ansahen, bekam sie ein komisches Gefühl. Sie hatte eine Ahnung. Und sie freut sich sehr endlich ihren Vater kennen zu lernen." Franz stand auf und nahm Feline fest in den Arm. „Feline, ich freue mich sehr über meine Tochter. Was wohl Annabell dazu sagt? Ich werde ihr später einen Brief schreiben. Wann kommt Felicitas?" Feline schmiegte sich an seine Brust. „Sie möchte dich heute noch umarmen hat sie gesagt. Wenn du einverstanden bist rufen wir sie gleich an."

Franz öffnete zuerst die Tür und dann seine Arme. Felicitas flog hinein und schmiegte sich an ihren Vater. „Vater, endlich darf ich dich kennen lernen." Franz hatte feuchte Augen. „Mein Kind, ich bin froh, dass es dich gibt." Franz erzählte Felicitas von seiner Schreinerei, von seiner Frau Anna und den Kindern Annabell und Albert. Er zeigte ihr Bilder und Felicitas weinte um ihren verstorbenen Bruder. Später am Abend brachte Felicitas ihre Mutter in ihre Wohnung. Sie waren alle erschöpft. Erschöpft vom Erzählen, vom Weinen und dem vielen Wein den sie dabei tranken. Dennoch schliefen in dieser Nacht drei Menschen glücklich ein.

Als Franz alleine war, weinte er lange. Seine angestaute Wut und Enttäuschung über sein vergangenes Leben fielen von ihm ab und am Ende blieb Dankbarkeit übrig. Es war das erste Mal seit Alberts Tod, dass er wieder mit Gott sprach. „Ich danke dir Herr, dass du mir Feline und Felicitas geschenkt hast. Verzeih mir, dass ich an dir gezweifelt habe." Dann nahm er das Bild seiner Frau Anna in die Hand. „Anna, es tut mir sehr leid, dass ich dir kein besserer Mann war. War ich wenigstens ein guter Vater? Ich werde Annabell fragen. Sie wird sich wundern über ihre große Schwester! Anna, du bleibst hier in meinem Herzen." Dann stellte er das Bild wieder auf die Kommode und nahm das Telefon in die Hand. „Hallo Annabell, wie geht es euch?" Annabell war überrascht, dass ihr Vater sie einfach so anrief. Das machte er sonst nicht. Aber bevor sie sich Sorgen machen konnte sagte er „Annabell, ich möchte dir etwas Wichtiges erzählen. Wann hast du Zeit mir zu zuhören?" Annabell hatte gerade nichts zu tun und forderte ihren Vater auf zu erzählen. „Eigentlich wollte ich dir einen Brief schreiben oder dich bitten mich zu besuchen. Aber das dauert alles so lange. Also. Bevor ich deine Mutter geheiratet habe, war ich in eine andere Frau verliebt. Doch wir durften nicht heiraten. Unsere Eltern waren dagegen. Sie war evangelisch und ich katholisch. Ich war ein einfacher Schreiner und Sie war eine Diplomatentochter mit Abitur. Du kannst dir denken was damals los war. Mein Vater wurde sogar zum Rathaus bestellt und war sehr wütend auf mich. Kurzum, wir mussten uns schweren Herzens trennen. Aber wir haben eine wunderschöne Nacht miteinander verbracht. Als ich gestern die neue Mitbewohnerin begrüßen wollte, die im Wohnblock A eingezogen ist, traf mich fast der Schlag. Es ist Feline, meine erste Liebe. Wir können unser Glück gar nicht fassen, dass wir uns noch einmal gefunden haben. Und heute hat sie mir gestanden, dass ihre Tochter Felicitas mein Kind ist. Du hast also eine große Schwester." Als er geendet hatte war es ganz still in der Leitung. „Papa, ist das wirklich wahr?" Franz seufzte „Aber ja, wenn ich es dir doch sage. Die ganze Geschichte erzähle ich dir wenn du uns besuchen kommst. Du möchtest doch bestimmt deine Schwester und Feline kennen lernen?" Annabell atmete tief ein und aus „Natürlich möchte ich sie kennen lernen. Du hast mir nie von deiner ersten Liebe erzählt? Warum nicht?" Franz wusste nicht wie er es sagen konnte „Weißt du, als ich Feline verloren hatte wollte ich keine andere Frau mehr lieben. Damals hatten die Eltern beschlossen, dass deine Mutter und ich heiraten sollten. Versteh mich nicht falsch, ich tat alles, damit Anna mich nicht lieben konnte. Aber sie tat es! Sie sagte oft zu mir, dass ich gar nicht wüsste wie viel sie mir bedeutet. Und weißt du was? Sie hatte in allem Recht. Ich habe deine Mutter geliebt und werde sie immer in Ehren halten. Aber die restlichen Jahre, die mir verbleiben, möchte ich mit Feline verbringen. Und mit euch natürlich." Er hörte Annabell weinen. „Liebes, was bedrückt dich?" Annabell putze sich die Nase. „Ich habe euch immer liebevoll zusammen erlebt. Nie hätte ich gedacht, dass du eine andere Frau mehr geliebt hast. Mama war dir sehr ergeben, sie fand alles gut was du gemacht hast. Ihren Segen hast du bestimmt." Franz war erleichtert. „Papa, ich freue mich für dich. Ehrlich. Jetzt muss ich mir keine Sorgen mehr machen, dass du in Deutschland alleine bist. Das ist auch für mich ein gutes Gefühl." Franz wollte nur noch wissen wann sie kommen will. Annabell versprach mit ihrer Familie zu sprechen und so bald als möglich nach Deutschland zu kommen.

Nach dem Telefonat ging Franz auf die Terrasse und dachte noch lange über sein Leben nach. Er schaute in den Sternenhimmel und war einfach nur noch dankbar und glücklich.

Niemand hat Schuld

Dagmar war froh, dass sie nur noch eine halbe Stunde zu fahren hatte. Sie war müde und wollte so schnell wie möglich unter die Dusche und es sich auf dem Sofa gemütlich machen. Es war ein kalter Herbsttag und schon früh dunkel. Auf der Autobahn war viel Verkehr aber hier auf der Landstraße war sie fast alleine unterwegs. Als sie um eine leichte Rechtskurve fuhr, geschah das Unglück. Es ging ganz schnell. Von rechts kam ein Auto von einem Feldweg direkt vor ihr auf die Straße gefahren, ohne Licht! Sie trat sofort auf die Bremse und schrie. Aber sie konnte den Aufprall nicht abwenden. Es krachte fürchterlich. Dann war alles still und dunkel. Dagmar bemerkte warme Flüssigkeit auf ihrer Wange. Der Kopf und der Brustbereich taten ihr weh. Sie griff nach der Taschenlampe, die sie in die Ablage der Fahrertür verstaut hatte. Der Lichtstrahl erfasste das Auto, das sie gerammt hatte. Es war ein kleiner VW Polo. Durch den Aufprall war das Auto im Straßengraben auf dem Dach gelandet. Sie war geschockt und nicht ganz bei sich. Im Zeitlupentempo schaute sie sich in ihrem Wagen um. Sie musste Hilfe holen! Wo war ihr Handy? Sie leuchtete das Armaturenbrett ab und schaltete die Warnblinkanlage ein. Das Handy lag auf dem Boden des Beifahrersitzes. Sie brauchte eine gefühlte Ewigkeit um das Handy zu greifen. Dann versuchte sie mit zittrigen Händen die Nummer 110 zu wählen. In diesem Moment sah sie ein Licht von vorne auf sie zukommen. Vor Erleichterung fing sie an zu weinen und ließ das Handy los. Das Auto erfasste die beiden Unfallautos sofort, bremste ab und schaltete die Warnblinkanlage ein. Der Mann kam auf sie zu und öffnete die Autotür. „Sind Sie verletzt?" Als er Dagmar blutüberströmt sah, war ihm klar, dass er sofort handeln musste. Er rief den Notarzt sowie die Polizei und rannte dann zu dem Polo. Er kam zurück und nahm Dagmar die Taschenlampe aus der Hand. „Entschuldigen Sie, aber ich möchte nach der Person in dem Polo schauen." Er konnte dem Mann aber nicht helfen. Dieser hing schwer verletzt mit dem Kopf nach unten in dem Gurt. Glücklicherweise kam aber schon der Rettungswagen. Jetzt versuchten die zwei Sanitäter mit Hilfe der Polizei, die auch eintraf, dem Schwerverletzen zu helfen. Dagmar sah alles wie in einem Traum. Sie sah es, konnte es aber nicht begreifen. Warum half ihr niemand? Sie wollte rufen aber sie brachte keinen Ton heraus. Dann wurde sie ohmmächtig.

Sie hatte eine schwere Gehirnerschütterung und Prellungen an der Brust erlitten. Als sie im Krankenhaus wieder zu sich kam saß ihre Mutter Heike an ihrem Bett. „Hallo mein Schatz, schön, dass du wieder wach bist. Ich habe mir solche Sorgen gemacht." Heike streichelte Dagmars Wange und lächelte sie liebevoll an. Dagmar brauchte einen Moment bis sie sich wieder Erinnern konnte. Sie hatte einen Unfall. „Mama, ich kann nichts dafür. Er kam einfach aus dem Feldweg auf die Straße, ich konnte nicht mehr rechtzeitig bremsen!" Sie weinte als sie sich an den Unfall erinnerte. Heike beruhigte sie. „Nicht aufregen mein Kleines. Die Polizei hat das auch gesagt. Nur du hast gebremst, das konnte man feststellen. Dich trifft keine Schuld." Dagmar nickte, dennoch war sie unglücklich. „Er hatte kein Licht an. Vielleicht hätte ich ihn dann früher gesehen?" Dagmar wurde es übel und sie musste sich zuerst beruhigen bevor sie weiter sprach. „Weiß man schon etwas von den Verletzten?" Heike wusste nicht wie sie sagen sollte, dass es sich um einen Familienvater handelte, der auf der Intensivstation um sein Leben kämpfte. Deshalb sagte sie nur „Es ist ein Mann, er ist schwer verletzt." Dagmar weinte wieder. „Hoffentlich wird er wieder gesund." Heike nickte. „Ja, das hoffe ich auch." Dann fiel Dagmar ein, dass sie nicht mit ihrem Auto gefahren war. „Dein schönes Auto, Mama es tut mir so leid." Heike sagte „Ich bin froh, dass du an diesem Tag mit meinem Auto unterwegs warst. Der VW Tiguan hat dir vielleicht das Leben gerettet."

Dagmar brauchte zwei Tage um wieder ein paar Stunden wach zu bleiben. Immer wieder fiel sie in einen tiefen Schlaf und jedes Mal erlebte sie den Unfall neu. Heike kam jeden Tag für einige Stunden ins Krankenhaus um Dagmar auf zu muntern, die sich wegen des Unfalls Vorwürfe machte. Am dritten Tag erlaubte der behandelte Arzt, dass sie Besuch von der Polizei bekommen konnte. Der Beamte wollte den Unfallhergang ganz genau wissen und Dagmar erzählte alles woran sie sich erinnerte. Dann verabschiedete sich der Beamte und Heike durfte wieder zu ihrer Tochter. Die Vernehmung hatte Dagmar so mitgenommen, dass sie gleich einschlief als ihre Mutter sich zu ihr setzte. Sie hörte auch nicht, dass der Arzt herein kam und Heike bat mit ihm vor die Tür zu gehen. Dort teilte er ihr mit, dass der Mann im VW Polo gerade verstorben war.

Heike ging zuerst zur Toilette um sich zu beruhigen. Sie dachte an den armen Mann und seine Familie. Wie sollte Dagmar das je verkraften? Wie sollte sie ihr das sagen und wann? Als sie sich einigermaßen gefangen hatte ging sie zur Stationsschwester und bat um ihre Hilfe. „Schwester Klara, kann ich meiner Tochter in ihrem Zustand sagen, dass der Mann verstorben ist? Was meinen Sie?" Schwester Klara schüttelte den Kopf. „Warten Sie noch ein paar Tage. Ihre Tochter muss erst noch ein bisschen kräftiger werden." Heike nickte. „Können Sie mir etwas zur Beruhigung geben? Ich weiß nicht wie ich den Tag überstehen soll?" Schwester Klara wollte zuerst wissen ob Heike mit dem Auto da war. Heikes Auto war bei der Polizei zur Beweisaufnahme und Dagmars Auto in der Werkstatt. Das war ja auch der Grund warum Dagmar mit dem Auto ihrer Mutter unterwegs war. Heike wurde von ihren Nachbarn gebracht und wieder abgeholt. Sie war schon immer Hausfrau und Mutter gewesen und unterstützte die Nachbarsfrauen, die zum Teil arbeiteten, kümmerte sich um deren Kinder, machte Besorgungen oder pflegte die Kranken. Seit dem Tod ihres Mannes vor ein paar Jahren kümmerten sich nun die Nachbarn um sie. Schwester Klara hörte geduldig zu. „Das ist schön, dass sie so unterstützt werden. Hier nehmen Sie eine Tablette jetzt und heute Abend noch eine, damit sie gut schlafen können." Heike war der Schwester dankbar und schluckte gleich die erste Tablette.

Dagmar fragte jeden Tag nach dem Schwerverletzten und spürte instinktiv, dass man ihr etwas verschwieg. „Mama, bitte sage mir wie es dem Verletzten geht! Schwester Klara darf mir keine Auskunft geben." Heike wurde es schwer ums Herz aber sie musste ihrer Tochter die Wahrheit sagen. Sie nahm ihre Hand und sprach leise „Dagmar, die Verletzungen waren so stark, dass der Mann am Montag verstorben ist." Dagmar sah ihre Mutter lange an. Dann kamen die Tränen. „Ich habe einen Menschen umgebracht!" Heike widersprach ihr „Nein, das hast du nicht! Du bist vorschriftsmäßig gefahren und warst auf der Vorfahrtsstraße. Obwohl dort 80 km erlaubt sind, warst du nur mit 70 km unterwegs. Du hattest keine Chance." Dagmar nickte „Vielleicht hast du Recht. Aber ich fühle mich dennoch verantwortlich. Verstehst du das?" Heike nahm ihre Tochter in den Arm. Natürlich verstand sie das. Ihr armes Kind. Dagmar war eine vernünftige, freundliche und sensible junge Frau. Sie war als Bezirksleiterin einer großen Krankenkasse viel unterwegs. Und dennoch hatte sie viele Freunde und engagierte sich ehrenamtlich im Altersheim. Das Zimmer war voll mit Geschenken und Blumengrüße ihrer Freunde und Mitarbeiter. Sie machten sich alle Sorgen um Dagmar.

Langsam löste sie sich von der Umarmung ihrer Mutter und fragte „Ich möchte die Angehörigen des Mannes treffen und ihnen mein Beileid aussprechen, mich entschuldigen." Heike schüttelte den Kopf. „Ich glaube das ist keine gute Idee. Heute kam ein Schreiben vom Anwalt der Familie. Sie haben erfahren, dass du an diesem Tag mit einem anderen Auto unterwegs warst. Sie sind der Meinung du wärst mit dem großen Auto überfordert gewesen und hättest deshalb nicht rechtzeitig bremsen können. Der Anwalt meint sogar, du hättest vielleicht telefoniert oder das Radio bedienen wollen und warst abgelenkt." Dagmar schüttelte den Kopf „Ich bin schon so oft mit deinem Auto gefahren. Mein Golf und dein Tiguan sind vom Armaturenbrett her fast gleich. Wie können diese Menschen so etwas behaupten?" Heike streichelte die Hand ihrer Tochter. „Weißt du mein Schatz, wenn ein Mensch so plötzlich stirbt, ist nichts mehr wie es war. Der Schmerz ist so groß, dass man einen Schuldigen braucht. Ich verurteile die Familie nicht, für sie ist eine Welt zusammen gebrochen. Das braucht Zeit." Dagmar weinte. „Ach Mama, wenn ich das doch ungeschehen machen könnte. Es tut mir so furchtbar leid.

Kann ich nicht wenigstens einen Brief schreiben?" Heike dachte zwar, dass das in der momentanen Situation keine gute Idee war aber sie verstand die Beweggründe ihrer Tochter. Heike besorgte am nächsten Tag eine Beileidskarte und Dagmar schrieb beide Seiten voll. Heike brachte den Brief zur Post.

Susanne konnte es immer noch nicht glauben. Ihr Mann Bertram war tot. Ein sinnloser Tod. Er war auf dem Heimweg mit ihrem VW Polo, als ihn eine andere Autofahrerin übersah und von der Straße fegte. Er fuhr eigentlich einen BMW X5, aber der sprang am Morgen nicht an und so musste er den kleinen Polo nehmen. Es stellte sich hinterher heraus, dass er das Licht an seinem Auto hatte brennen lassen und die Batterie dadurch versagte. Sie dachte immer wieder, dass er mit dem BMW wahrscheinlich nur ein paar Kratzer gehabt hätte. Wie konnte das Schicksal so grausam sein? Letzten Monat hatten sie die letzte Rate ihres Reiterhofes überwiesen. Endlich waren sie schuldenfrei und wollten jetzt öfter wieder etwas zusammen unternehmen. In den letzten Jahren hatten sie dafür keine Zeit. Sie dachte an ihren Sohn Daniel. Der Junge litt noch fast mehr als sie. Seit dem Unfall sprach er nur noch das Nötigste. Er nahm sie oft in den Arm und tröstete sie aber sie konnte ihn nicht trösten. Gut, dass der Junge gerade seine Ausbildung zum Pferdewirt beendet hatte und ihr mit dem Pferdehof helfen konnte. Sonst hätte sie den Hof auch noch aufgeben müssen.

Die Beerdigung war nun drei Wochen her und ihr fiel es immer noch schwer nicht auf ihn zu warten. Wenn es 19:00 Uhr wurde schaute sie dauernd aus dem Fenster. Gewohnheit eben. Dann ging sie in ihr Schlafzimmer und weinte. Der Anwalt, den sie wegen des Unfalls kontaktiert hatte, machte ihr keine großen Hoffnungen. Es würde wahrscheinlich nicht zu einem Gerichtsprozess kommen, weil die Polizei die Angaben der Autofahrerin überprüften und bestätigte. Bertram soll ohne Licht aus einem Feldweg auf die Hauptstraße gefahren sein? Das konnte sie nicht glauben. Wieso soll er ohne Licht gefahren sein? Und warum sollte er im Wald gewesen sein? Sie hatte doch noch mit ihm telefoniert. Er sagte, er wäre schon fast zu Hause? Ein Geräusch riss sie aus ihren Gedanken. Das musste Daniel sein. Sie trocknete ihre Tränen und ging in die Küche.

„Hallo Daniel. Wollen wir zusammen Abend essen?" Daniel begrüße seine Mutter mit einem Kuss auf die Wange und setzte sich schon mal an den Tisch. „Ja gerne, aber nur wenn du auch etwas isst. Du musst wieder zu Kräften kommen, ich brauche dich auf dem Hof." Daniel machte sich Sorgen um seine Mutter. Der Tod des Vaters hatte sie aus der Bahn geworfen. Sie nahm in kürzester Zeit acht Kilo ab und war immer müde. Susanne versuchte etwas zu essen damit Daniel zufrieden war. Dann fiel ihr der Brief vom Anwalt wieder ein. „Stell dir vor, der Anwalt meint, dass es nicht zu einer Anklage gegen die Frau kommt. Sie hätten festgestellt, dass Papa wirklich ohne Licht vom Feldweg auf die Hauptstraße gefahren wäre. Wie können die so etwas behaupten? Wahrscheinlich hat die Frau viel Geld und kann sich gute Anwälte leisten. Aber ich habe ihn schon angerufen und gesagt, dass wir auf jeden Fall vor Gericht wollen. Und auf den Beileidsbrief falle ich auch nicht herein. So eine Unverschämtheit. So etwas kann man nicht entschuldigen!" Sie war außer sich vor Wut und Schmerz. Daniel legte behutsam seine Hand auf die Ihre. „Mutter, vielleicht war es aber wirklich so wie die Polizei festgestellt hat. Dass Papa tot ist, ist für mich auch schrecklich. Aber wir können einen anderen Menschen nicht dafür verantwortlich machen. Es war einfach ein Unglück, ein Unfall!" Susanne war erstaunt. „Wie kannst du so etwas sagen. Es war nicht einfach ein Unfall. Diese Person hat nicht aufgepasst. Sie muss zur Rechenschaft gezogen werden!" Sie redete sich in Rage. Daniel versuchte seine Mutter zu beruhigen. „Mama, ich verstehe deinen Schmerz, aber mache bitte nicht auch noch das Leben der jungen Frau kaputt. Sie macht sich schon genug Vorwürfe. Ich finde sie hat in dem Brief die richtigen Worte gefunden. Lass es gut sein." Aber Susanne wollte nichts davon hören. „Sie ist schuld. Ich will, dass sie dafür bezahlen muss. Du hast deinen Vater verloren und ich meinen geliebten Mann." Sie spie die letzten Worte nur so aus. Daniel erschrak vor seiner Mutter und sagte schärfer als wollte „Mama, du warst nicht dabei! Wie kannst du einen Menschen so verurteilen wenn die Fakten anders sind! Und bitte entschuldige, aber in den letzten Jahren habt ihr viel gestritten."

Susanne starrte ihren Sohn mit offenem Mund an. Dann antwortete sie „Ich habe deinen Vater geliebt. Auf meine Weise. Er fehlt mir und du hast kein Recht so mit mir zu reden." Jetzt liefen ihr die Tränen über die Wangen und Daniel tat sein Gefühlsausbruch leid. Versöhnlich meinte er „Lass uns den Bericht vom Gutachter abwarten, dann sehen wir weiter." Er konnte ihr nicht sagen, dass er seinen Vater mit dem Polo ohne Licht hat fahren sehen.

Dagmar lebte vorrübergehend bei ihrer Mutter. Sie hatte immer noch Schwindelanfälle und war froh, dass sie sich in ihrem Elternhaus erholen konnte. An einem Dienstag kamen das Gutachten und der Bericht von der Polizei. Ausgerechnet ein Dienstag. Der Unfalltag! Es wurde endgültig festgestellt, dass Dagmar keine Schuld an dem Unfall hatte. Es konnte zweifelsfrei festgestellt werden, dass der Mann ohne Licht aus dem Feldweg auf die Hauptstraße fuhr und dadurch den Unfall verursachte. Trotzdem fühlte sich Dagmar schuldig. Heike spürte die Traurigkeit und Ohnmacht ihrer Tochter. „Liebes, ich weiß, dass du dich schuldig fühlst. Der Gutachter und die Polizei sagen, dass du gar nicht anders hättest reagieren können. Bitte nimm das Angebot von Dr. Braun an und mache eine Psycho-Therapie. Lass dir helfen. So ein Schicksalsschlag kann man nicht alleine bewältigen. Die Therapie kann dir bestimmt ein bisschen von deinem Schuldgefühl nehmen." Dagmar weinte wieder. „Mama, ich bin so unglücklich. Ob ich jemals wieder froh sein kann?" Heike zerriss es beinahe das Herz. Sie konnte ihrer Tochter nicht helfen, sie konnte sie nur versorgen und lieben.

Als Susanne das Gutachten gelesen hatte gab sie es ohne ein Wort an Daniel weiter. Er las zuerst das Gutachten und dann den Bericht der Polizei. Er atmete tief durch und nahm seine Mutter in den Arm. „Mama, jetzt hast du es schwarz auf weiß, es war einfach ein schrecklicher Unfall. Jetzt müssen wir ohne Papa weiter leben und das Beste daraus machen. Zusammen schaffen wir das." Susanne weinte erst leise an seiner Schulter. Dann sprang sie auf und schrie „Die können mir so viele Gutachten schicken wie sie wollen. Ich glaube es einfach nicht. Was sollte dein Vater dort auf dem Waldweg gemacht haben? Und warum sollte er kein Licht angehabt haben? Der Gutachter war vielleicht nicht einmal dort am Unfallort! Nein, ich gebe nicht auf. Ich will, dass die Frau verurteilt wird." Daniel nahm seine Mutter in den Arm und wiegte sie so lange bis sie sich wieder beruhigt hatte. „Mama, ich möchte nicht, dass du weiter machst. Lass uns bitte gemeinsam um Papa trauern und ein neues, ein anderes Leben weiter leben. Ich möchte abschließen und trauern. Das kann ich nicht wenn du von einem Anwalt zum nächsten läufst. Alle werden das Gutachten lesen und dir das Gleiche sagen wir die Polizei. Lass es einfach gut sein." Susanne ließ sich wieder von ihrem Sohn trösten und weinte laut. Aber sie nickte und Daniel dachte, sie hat es eingesehen.

Dagmar ging zweimal in der Woche zur Therapie. Das tat ihr gut und langsam konnte sie den Gedanken annehmen, dass es einfach ein schrecklicher Unfall war. Keiner hatte Schuld. Der Mann war vielleicht in Gedanken und hatte einfach nicht bemerkt, dass er kein Licht anhatte. Es war um diese Uhrzeit noch nicht ganz dunkel und er war vielleicht in Eile. Also hatte auch er keine Schuld. So erklärte es jedenfalls ihre Therapeutin. Nach jeder Sitzung ging es ihr ein bisschen besser. Sie war noch nicht wieder ganz „die Alte", aber sie überlegte schon, ob sie nicht wieder arbeiten gehen sollte. Das täte ihr bestimmt gut. Sie wollte es am Abend mit ihrer Mutter besprechen und sie hatte Sehnsucht nach ihrer Wohnung. Sicher fühlte sie sich wohl bei ihrer Mutter. Dennoch wollte Dagmar wieder selbständig sein. Sie musste sich nur noch überwinden wieder Auto zu fahren. Das hatte sie seit dem Unfall nicht mehr gemacht. „Gleich morgen werde ich eine Fahrstunde nehmen. Ich brauche professionelle Unterstützung" dachte sie froh. Ihre Mutter holte sie vor dem Haus der Therapeutin ab. Als sie fröhlich in den Golf stieg staunte ihre Mutter. „Du siehst ja ein bisschen fröhlich aus. Das ist aber schön." Dagmar lächelte und umarmte ihre Mutter. „Ach Mama, ich kann langsam annehmen, dass keiner Schuld an dem Unfall hatte. Es war einfach ein Unglück das jeden treffen kann. Und ich habe mir überlegt, dass ich wieder arbeiten will und in meine Wohnung zurück gehe." Heike war zwar überrascht aber sie zeigte es nicht. „Das ist meine Dagmar. Ja, du hast

Recht. Es wird Zeit, dass du wieder lebst." Dagmar war froh, dass ihre Mutter ihr zustimmte. Heike meinte „Dann muss ich aber schauen, dass mein Auto wieder repariert wird, du wirst den Golf hier brauchen." Sie sagte es lächelnd aber sie war gespannt auf Dagmars Reaktion. Dagmar atmete tief durch und meinte „Ja, ich werde morgen eine Fahrstunde nehmen. Vielleicht gibt es noch meine alte Fahrschule. Dort hatte ich mich wohl gefühlt. Ich brauche einen Fahrlehrer zu dem ich Vertrauen habe." Heike lächelte „Das ist eine richtig gute Idee." Sie zwinkerte ihr zu und startete den Golf. Unterwegs bat Dagmar die Mutter noch in ihre Wohnung zu fahren. Sie wollte nach den Blumen schauen und den Briefkasten leeren.

Erst zwei Tage später sah sie ihre Post durch und stutzte. Da war ein Brief von der Familie des Unfallopfers. Sie rief Ihrer Mutter „Mama, kannst du mal bitte kommen. Hier ist ein Brief von der Familie des verstorbenen Mannes. Würdest du ihn bitte öffnen. Ich habe Angst." Heike war auch komisch zu Mute aber sie öffnete den Brief und las ihn Dagmar vor.

Liebe Frau Held,

ich danke Ihnen für Ihre einfühlsamen Worte zum Tode meines Mannes. Ja, es war ein schrecklicher Unfall der unser Leben erschüttert hat. Sie fragten ob Sie uns persönlich sprechen könnten und ich wollte Ihnen anbieten uns zu besuchen. Wir haben einen Pferdehof und in der

45. Kalenderwoche habe ich viel Zeit. Vielleicht kommen Sie an einem Mittwochnachmittag.

Mit freundlichen Grüßen

Susanne Marsch

Dagmar und Heike waren erstaunt. Sie hätten nicht gedacht, dass Frau Marsch so großherzig sein könnte und ihre Entschuldigung annehmen würde. Für Dagmar wäre das sehr wichtig, wenn ihr die Frau des Opfers verzeihen könnte. Heike nahm Dagmar fest in den Arm und weinte mit ihr. Das waren aber Freudetränen. Heike sprach zuerst „Möchtest du, dass ich mitkomme?" Aber Dagmar schüttelte den Kopf „Mama, da muss ich alleine durch. Und wie sähe es aus wenn mich meine Mutter begleitet? Ich möchte alleine und in Ruhe mit ihr reden. Verstehst du das?" Heike nickte, natürlich verstand sie das. Sie war so erleichtert, dass Frau Marsch ihrer Tochter die Hand reichen wollte. Das würde Dagmar den nötigen Auftrieb geben um wieder am Leben teil zu nehmen und Freude zu haben. Heike war Susanne Marsch sehr dankbar. Dagmar war ganz aufgeregt. „Da muss ich ja schon morgen eine Fahrstunde nehmen damit ich in zwei Wochen wieder alleine fahren kann." Heike hatte keine Bedenken mehr, dass Dagmar wieder fahren würde. Jetzt nicht mehr.

Dann war der Mittwoch da. Dagmar konnte die ganze Nacht nicht schlafen. Sie hatte Angst vor der Begegnung mit der Witwe. Aber sie wollte sich dieser Verantwortung auch stellen und ihr persönlich ihr Beileid aussprechen. Und sie wollte sich auch bei ihr bedanken, dass sie ihr die Möglichkeit gab mit ihr über das Unglück zu sprechen. Die Einladung hatte bewirkt, dass Dagmar endlich wieder Auto fuhr. Gleich nach der ersten Stunde war ihr klar, dass sie ohne Angst Auto fahren kann. Sie wollte auch wieder arbeiten. Seitdem fuhr sie täglich eine Stunde kreuz und quer durch die Stadt. Sie erschrak immer weniger wenn plötzlich ein Auto von rechts einscheren wollte. Also fuhr sie an dem besagten Mittwoch pünktlich um 14°°Uhr los. Der Reiterhof war eine halbe Stunde entfernt. Als sie an dem Unfallort vorbeikam, hielt sie an und legte eine Rose an das kleine Holzkreuz. Es musste seine Familie angebracht haben. Sie bat ihn leise um Verzeihung. Dann atmete sie tief durch und fuhr zum Reiterhof.

Dort wurde sie schon erwartet. Susanne hatte ihren Angestellten frei gegeben. Die Pferde waren fast alle auf einem Turnier und Daniel war in der Stadt verabredet. Deshalb wählte sie diesen Mittwoch aus. Sie wollte mit dieser Frau alleine sein. Als ein Golf auf den Hof fuhr, ging Suanne nach draußen. Eine junge Frau stieg aus und kam langsam auf sie zu. „Verzeihen Sie, sind Sie Frau Marsch?" Als Susanne nickte, streckte ihr Dagmar die Hand entgegen und sagte „Ich bin Dagmar Held. Vielen Dank, dass Sie mir geschrieben haben. Das hat mir viel bedeutet." Dann fing Dagmar an zu weinen. „Es tut mir schrecklich leid, dass dieser Unfall passiert ist. Glauben Sie mir, ich denke jeden Tag daran."

Susanne schaute sie merkwürdig an aber ihr liefen auch Tränen über die Wange. Sie zeigte mit dem Kopf zur Scheune und ging voran. Dagmar dachte, dass Frau Marsch ihr etwas zeigen wollte und ging hinter ihr her. Als Dagmar ungefähr in der Mitte der Scheune war drehte sich Frau Marsch um und hielt eine Heugabel in der Hand. Sie bedrohte sie damit. Dagmar war so erschrocken, dass sie sich nicht bewegen konnte. Susanne kam bedrohlich näher „Sie haben meinen Mann auf dem Gewissen. Mein Leben ist nicht mehr wie es war. Es wird nie mehr so sein wie es war." Susanne schluchzte heftig. Dagmar hatte keine Angst. Sie sah nur eine verzweifelte Frau die Antworten suchte. Deshalb sagte sie wieder „Es tut mir so leid, aber ich habe das Auto ihres Mannes wirklich nicht gesehen. Es ging alles so schnell." Dagmar weinte während sie sprach. Susanne kam zwar näher aber die Gabel hatte sie schon fast auf dem Boden. „Ich kann es einfach nicht glauben. Mein Mann war ein guter Fahrer und er hatte keinen Grund ohne Licht zu fahren. Da stimmt etwas nicht und ich will von Ihnen wissen was wirklich passiert ist." Dagmar hielt sich die Hände vor das Gesicht. „Frau Marsch, ich stehe jeden Morgen mit dem Gedanken auf, dass ein Mensch durch meine Schuld gestorben ist. Ich gehe diese Sekunden immer wieder in meinem Kopf durch. Ich frage mich, ob ich hätte anders reagieren können. Aber ich komme zu keinem Ergebnis. Ich habe das Auto einfach nicht gesehen." Dabei ließ sie die Schulter hängen und weinte hemmungslos. Susanne sah Dagmar das erste Mal richtig an. Ihr kam der Gedanke, dass auch Dagmar tatsächlich litt. Sie ging auf Dagmar zu ohne zu bemerken, dass sie immer noch die Heugabel in der Hand hatte.

Da hörte sie Daniel schreien „Mutter! Bist du verrückt geworden. Leg sofort die Gabel weg!" Er kam angerannt und nahm ihr vorsichtig die Gabel aus der Hand. „Was ist hier los?" Susanne zeigte auf Dagmar. „Das ist Frau Held, die Unfallfahrerin." Daniel war entsetzt und half Dagmar auf die Beine. „Sind sie verletzt?" Dagmar schüttelte den Kopf. Er setzte sie auf einen Ballen Stroh und wandte sich wieder seiner Mutter zu. „Was ist denn in dich gefahren? Wie kannst du so etwas tun? Sie ist unschuldig!" Susanne schaute ihren Sohn an. „Woher willst du das wissen? Warst du dabei?" Daniel nahm seine Mutter an der Hand und sagte „Ja, ich habe den Unfall gesehen." Susanne und Dagmar starrten Daniel an. „Ich habe vor einiger Zeit durch Zufall gesehen, dass Papa an seinem Sport-Dienstag", dieses Wort sprach er langsam aus, „ gar nicht ins Fitness-Studio ging, sondern diesen Feldweg entlang fuhr und erst nach einer Stunde wieder zurück kam. Neugierig wartete ich am nächsten Dienstag wieder dort. Als er kam, fuhr ich ihm mit dem Fahrrad hinterher. Am Ende des Feldweges hatte er das Auto abgestellt und lief einen kleinen Berg hoch. Als ich ihn nicht mehr sah bin ich hinterher gelaufen. Dort oben steht eine Waldhütte. Ich bin herangeschlichen und habe Papa mit Simone Bach, der Försterfrau, gesehen. Sie lagen im Bett."

Susanne setzte sich auf den Boden, sie hatte keine Kraft mehr. Sie starrte abwechselnd zu Daniel und Dagmar. Daniel sprach weiter. „Nach einer Stunde kam er wieder raus und fuhr zurück. Er fuhr jeden Dienstag zu der Waldhütte. Am Tag des Unfalls war ich auch wieder dort. Sie haben wohl gestritten, denn als er aus der Hütte kam schrie sie ihm etwas hinterher. Er sah aufgewühlt aus und rannte zum Auto. Da bin ich aus meinem Versteck gekommen und habe ihn gefragt was er hier macht?" Daniel ging vor seiner Mutter in die Knie. „Mama, er hat gesagt, dass es mich nichts anginge und er dir sowieso die Wahrheit sagen wollte. Dann ist er in das Auto gestiegen und ohne Licht losgefahren. Ich bin mit dem Fahrrad hinterher gefahren. Aber er ist wie ein Irrer den Feldweg entlang gerast und auf die Hauptstraße eingebogen. Dann hat es auch schon gekracht." Susanne nahm Daniel in den Arm und weinte. Daniel schaute verzeihend zu Dagmar. „Ich dachte sofort, dass er diesen Aufprall nicht überlebt hat. Dann war es still und ich war starr vor Angst. Ich konnte mich nicht mehr bewegen und zitterte. Erst als ich von weitem die Sirene des Notarztes hörte schwang ich mich auf mein Fahrrad und fuhr so schnell ich konnte nach Hause um meiner Mutter beizustehen." Daniel schaute seine Mutter an und sagte leise „Es tut mir so leid. Ich bin schuld am Tode meines Vaters! Wenn ich ihn nicht zur Rede gestellt hätte, wäre er nicht so kopflos gefahren."

Dagmar fand ihre Stimme wieder. „Meine Therapeutin hat gesagt, dass keiner Schuld ist an so einem

Unglück. Es sind Verkettungen unglücklicher Umstände." Als Dagmar realisierte was Daniel gerade gesagt hatte, rutschte ihr die Schuld wie eine Schneelawine den Körper herunter. Susanne stand mit Hilfe ihres Sohnes wieder auf. Sie kam vorsichtig auf Dagmar zu. „Bitte, können Sie mir verzeihen?" Dagmar war froh, dass sie jetzt wusste wie es zu diesem Unfall kam. Es war eine Erleichterung für sie zu hören, dass der Fahrer tatsächlich ohne Licht vom Feldweg auf die Hauptstraße fuhr. Sie hatte wirklich keine Schuld. Sie konnte sogar wieder etwas lächeln und nahm die Hand von Frau Marsch. „Ich nehme Ihre Entschuldigung an." Dann drehte sich Frau Marsch zu ihrem Sohn um. „Dich trifft auch keine Schuld. Ich weiß, du wolltest mich schützen, aber du hättest mir die Wahrheit sagen müssen. Die Wahrheit kann noch so schlimm sein, das Ungewisse ist schlimmer. Es ist gut, dass ich jetzt weiß wie es passiert ist. Jetzt kann ich ihn loslassen."

Ein paar Wochen später legte Susanne wieder eine Rose an das schlichte Holzkreuz am Anfang des Feldweges. Sie sprach immer ein paar Worte mit ihm und ging dann wieder nach Hause. Der Spaziergang tat ihr gut. An diesem Tag, es war ein Dienstag, beschloss sie, den Feldweg entlang zu laufen. Als sie den kleinen Hügel am Ende des Feldweges sah, stieg sie hinauf. Oben stand die Waldhütte von der Daniel sprach. Vor der Hütte saß eine Frau. Sie war schlank und hatte Reithosen an. Ihre blonden Haare waren zu einem Zopf zusammen gebunden. Wenn „sie" es war, dann verstand sie ihren Mann. Frau Bach war eine sehr schöne Frau. Zuerst wollte Susanne wieder kehrt machen. Aber dann ging sie auf sie zu. „Sind Sie Simone Bach?" Die Frau war aufgestanden als Susanne näher kam. „Sind Sie Bertrams Frau?" Susanne nickte. Frau Bach zeigte auf die Bank. „Wollen wir uns setzten?" Susanne nahm das Angebot an. Sie wusste nicht was sie sagen sollte obwohl sie so viele Fragen hatte. Frau Bach kam ihr zuvor. „Ich habe Ihren Mann im Fitness-Studio kennen gelernt. Vor ungefähr einem Jahr. Am Anfang haben wir nur zusammen trainiert und uns gut unterhalten. Dann waren wir nach dem Training ein paar Mal zusammen essen. Nach so einem Abend sind wir dann hier gelandet. Ich habe mich in Ihren Mann verliebt." Nach einem kurzen Seufzer sprach sie weiter „Dieses Arrangement ging ungefähr zwei Monate, als ich ihn bat, Sie zu verlassen und mit mir ein neues Leben anzufangen. Aber Bertram wollte Sie und den Hof auf keinen Fall verlassen. An dem Abend des Unfalls habe ich ihm ein Ultimatum gestellt. Wir haben uns im Streit getrennt. Er sagte „Simone, ich mag dich wirklich sehr gern, aber Susanne ist mein Leben." Als Frau Bach geendet hatte, nickte Susanne ihr zu und ging wortlos nach Hause. Jetzt konnte sie Bertram loslassen und ein neues Leben anfangen.

Wach geküsst

Bärbel war gerade beim Kochen als ein Umzugswagen vor ihrem Haus hielt. Oh, das werden wohl die neuen Nachbarn sein, dachte Bärbel. Sie blickte neugierig aus dem Küchenfenster. Jetzt hielt noch ein schwarzer BMW hinter dem Umzugswagen. Bärbel sah zuerst die Frau aussteigen, eine hübsche, dunkelhaarige Frau. Sie hatte eine wilde, lange Lockenpracht und hatte eine blaue Latzhose an. Dann sah sie einen gutaussehenden Mann. Er war wohl etwas älter als seine Frau, denn an seinem dichten schwarzen Haar sah man schon graue Strähnen. Und da tauchte noch ein Junge auf. Ungefähr so alt wie Marcel, Bärbels Sohn. Da keine Vorhänge an den Fenstern waren, winkte die Frau, die gerade in ihre Richtung sah und lächelte. Bärbel winkte zurück. Scheinen nette Leute zu sein, dachte Bärbel. Eigentlich wäre sie gerne noch ein bisschen am Fenster gestanden und hätte zugeschaut, aber sie wollte nicht, dass die neue Nachbarin glaubte, sie wäre neugierig. Während sie die Schnitzel anbriet und nebenher den Tisch deckte, kam schon Marcel nach Hause. Er kam in die Küche und schnupperte. „Hallo Mama, was gibt es zu essen? Ich bin am verhungern." Bärbel lachte und zeigte auf das Fenster. „Es gibt Schnitzel. Schau mal da raus, die neuen Nachbarn sind gerade gekommen. Da ist ein Junge in deinem Alter dabei." Marcel sah zum Fenster raus. Dort trug ein Junge gerade eine Kiste in das Haus trug. „Er macht einen sympathischen Eindruck. Nach dem Essen geh ich mal rüber und sag Hallo." Bärbel fand die Idee gut. Dann kamen Lara und Klaus nach Hause. Ihre in der Pubertät steckende Tochter war wie immer übelgelaunt und Klaus, ihr Mann, war hungrig. Beim Essen erzählte Bärbel von den neuen Nachbarn und Lara meinte „Noch so ein Blödmann in der Nachbarschaft. Hier gibt es kein Mädchen in meinem Alter." Marcel streckte ihr die Zunge raus und Klaus tadelte die Wortwahl.

Nachdem Bärbel die Küche aufgeräumt hatte ging sie in ihr Arbeitszimmer um die Klassenarbeiten zu korrigieren. Als Lehrerin für Biologie konnte sie sich die Zeit für die Vorbereitungen gut einteilen, aber nach Klassenarbeiten saß sie etwas länger am Schreibtisch. Von ihrem Schreibtisch aus hatte sie einen schönen Blick auf ihren Garten und die Terrasse der neuen Nachbarn. Bärbel staunte. Die waren aber fleißig. Da standen schon die Gartenmöbel. Die Nachbarin hatte offensichtlich einen guten Geschmack. Moderne weiße Gartenmöbel in Flechtoptik mit einem ovalen Glastisch. An jeder Ecke der Terrasse standen weiße Tonkrüge mit je einem

Buchsbaum darin. Das sah richtig edel aus. Bärbel konnte sich gar nicht satt sehen. Lachend kam die Frau auf die Terrasse, küsste ihren Mann und stellte eine weiße Skulptur auf den Tisch. Sie schaute in Bärbels Richtung und winkte wieder. Das war Bärbel aber peinlich. Die Frau muss doch denken, dass Bärbel nichts anderes zu tun hatte als ihr beim Einrichten zu zuschauen. Vielleicht sollten wir doch Vorhänge anbringen, überlegte Bärbel. Als sie vor zehn Jahren hier eingezogen waren, war das Nachbargrundstück zugewachsen und man sah nur auf eine grüne Wand. Aber vor ein paar Wochen war eine Gartenfirma gekommen und hat den Wildwuchs entfernt, so dass man jetzt direkt auf die Terrasse der Nachbarn schauen konnte und umgekehrt.

Sie nahm ihre Hefte und ging in die Küche um dort weiter zu arbeiten. Ihr Mann Klaus war auch Lehrer. Sein Arbeitszimmer war im Dachgeschoß. Er brauchte Platz, für Vorbereitungen und für Experimente. Er war Mathe- und Physiklehrer mit großer Leidenschaft. Sie lächelte als sie an ihn dachte. Am Samstag würden sie ihren 18ten Hochzeitstag feiern. An diesem Tag gingen sie immer zusammen in ein Restaurant, nur zu zweit. Jedes Jahr in ein anderes. Sie war schon gespannt wohin Klaus sie dieses Mal einladen würde. Da hörte sie die Haustür ins Schloss fallen und Marcel in die Küche kommen. „Hi Mama, das ist Jonas, sie wohnen ab heute hier." Jonas kam herein und sagte auch hallo. Dann verschwanden die beiden in Marcels Zimmer. Bevor sich Bärbel wieder konzentrieren konnte kam Lara in die Küche. „Hast du die Gartenmöbel unserer Nachbarn gesehen? Richtig modern, die sind bestimmt cool eingerichtet." Bärbel legte ihren Finger auf den Mund „Sprich leise, der Sohn der Nachbarn ist bei Marcel im Zimmer." Lara zuckte mit den Schultern und verschwand wieder. Sie war gerade eine echte Zicke. Bärbel überlegte ob sie auch so anstrengend gewesen war, als es an der Tür klingelte.

Sie war ziemlich überrascht. Die neue Nachbarin stand, mit einem kleinen Blumenstrauß und einer Flasche Sekt in der Hand, vor der Tür. „Hallo Frau Schäfer, ich wollte mich bei Ihnen vorstellen." Sie drückte Bärbel den Blumenstrauß in die Hand und sagte „Mein Name ist Anita, Anita Greulich. Wir haben gehört, dass es ziemlich laut war als der ganze Wald hinter dem Haus abgeholzt wurde. Ich hoffe es war nicht so schlimm." Anita war ein Temperamentsbündel. Bärbel schüttelte den Kopf, sie war sprachlos. Anita strahlte Bärbel an „Ach ja und die Flasche Sekt hier ist auch für Sie. Oder wollen wir gleich einen Schluck auf eine gute Nachbarschaft trinken?" Jetzt schüttelte sie Bärbels freie Hand und strahlte wie die Sonne. So eine schöne Frau, dachte Bärbel. Sie trat beiseite „Guten Tag, schön Sie kennen zu lernen. Bitte, kommen Sie doch herein." Bärbel ging voran in die Küche und Anita kam hinterher. „Sie haben ein sehr schönes Haus und einen wunderschönen Garten. Von unserer Terrasse aus kann man ihren Garten gut sehen." Bärbel nickte mechanisch. Sie holte zwei Gläser heraus und hantierte mit der Sektflasche. Anita erzählte einfach weiter, von dem neuen Arbeitsplatz ihres Mannes, der Hoteldirektor ist und hier in Heidelberg das Growne Plaza führen soll. Von den Umzügen, wenn ihr Mann ein neues Hotel übernahm. Von ihrer Arbeit als Bildhauerin und dem Glück so ein schönes Haus gefunden zu haben mit so netten Nachbarn. Bärbel bekam die Flasche nicht auf, sie musste Anita immer nur ansehen. Anita nahm ihr ganz selbstverständlich die Flasche aus der Hand und öffnete sie. Dabei sprudelte etwas Sekt über ihre Hand, die sie einfach ableckte. Gekonnt schenkte Anita die Sektgläser randvoll und gab Bärbel ein Glas. „Auf eine gute Nachbarschaft Frau Schäfer." Bärbel trank einen Schluck um sich zu beruhigen, erst dann fing auch sie an von ihrer Familie zu erzählen.

Später im Bett, dachte Bärbel noch lange über den schönen Abend nach. Beim zweiten Glas Sekt duzten sich die Frauen schon und Bärbel lud die neuen Nachbarn spontan zum Abendessen ein. Gemeinsam mit Anita deckte sie den Tisch. Dann riefen sie ihre Männer und Kinder. Es war ein lautes, aufregendes Abendessen. Als sich Anita mit ihrer Familie verabschiedete waren sie schon gute Freundinnen geworden. Auch Max und Klaus hatten sich einiges zu erzählen und so war es nicht verwunderlich, dass Max zum Grillen am nächsten Abend einlud.

Seit diesem Tag waren Anita und Bärbel unzertrennlich. Bärbel arbeitete nur an zwei Vormittagen in der Woche und Anita kam so oft es ging zu einem

Kaffeeplausch vorbei. Bärbel war durch Anita fröhlicher geworden. Sie freute sich wenn sie Anita sah und ihr zuwinkte. Sie freute sich wenn Anita zu einer Tasse Kaffee vorbeikam und ihr von dem Fortschritt einer ihrer Skulpturen berichtete. Anita war so natürlich und liebenswert, dass Bärbel es manchmal gar nicht fassen konnte, ihre Freundin zu sein. Was konnte sie Anita schon bieten? Bärbel war attraktiv mit ihren kurzen, blonden Haaren, aber sie fand sich nicht schön. Und sie hatte nicht so viel zu erzählen wie Anita. Bärbel war bodenständig, sie hatte Klaus im Studium kennen gelernt und sich sofort in ihn verliebt. Nach dem Studium bekam sie eine Stelle in einer Grundschule und Klaus am Gymnasium in Heidelberg. Dann heirateten sie, bekamen Kinder und kauften dieses Haus hier. Ihr Leben war aufgeräumt aber nicht interessant. Anitas Leben war interessant und berauschend. Bärbel konnte Anita stundenlang zuhören. Sie machte Bärbel glücklich.

Die beiden Familien unternahmen viel zusammen und luden sich gegenseitig ein. Max und Klaus unternahmen mit ihren Jungs Ausflüge oder gingen gemeinsam zu Sportveranstaltungen. Anita und Bärbel machten gemeinsam Qi Gong, das hätte Bärbel früher nicht interessiert. Selbst Klaus fiel auf, dass Bärbel durch Anita offener und fröhlicher wurde. Er freute sich für seine Frau. Dann stand der Muttertag vor der Tür. Anita überrede Bärbel mit ihr zusammen das Muttertags-Wochenende zu verreisen. Max kannte ein kleines Beauty-Hotel in der

Nähe von Frankfurt, das er für die Frauen ausgesucht hatte. Wellness, gutes Essen und ausschlafen. Bärbel fand die Idee wirklich super. Als Klaus auch zustimmte, packte sie ihren Koffer. Neben Anita bekam Bärbel Minderwertigkeitsgefühle, deshalb ging sie vorher noch shoppen. Sie kaufte sich neue Schuhe, einen teuren Badeanzug mit passenden Badeslipper und eine neue Bluse. Sie ging zum Friseur und zur Fußpflege. Dieses Mal ließ sie sogar die Fußnägel rot lackieren. Es sollte einfach perfekt werden. Ein perfekter Ausflug mit ihrer perfekten Freundin.

Anita fuhr den großen BMW gekonnt über die Autobahn in Richtung Frankfurt. Bärbel freute sich auf den Kurzurlaub. So ein Wellness-Wochenende hatte sie noch nie gemacht. Schon im Auto kam sie sich so anders vor, so besonders. Ja mit Anita fühlte sich Bärbel so lebendig. Der Gedanke zauberte ihr ein Lächeln auf den Mund. „Ein Penny für deine Gedanken" scherzte Anita. Bärbel wurde sogar ein bisschen rot. Aber dann traute sie sich doch zu sagen „du machst mein Leben reicher, weißt du das?" Anita lächelte Bärbel an und drückte ihr kurz die Hand „und du machst mich glücklich." Bärbel freute sich über dieses Kompliment und plötzlich hätte sie sagen können „ich liebe dich". Dieser Gedanke schoss so schnell in ihr Bewusstsein, dass sie erschrak. Was war das denn? Kann man eine Frau lieben? Einen Mann liebt man, aber eine Frau mag man oder hat man gern. Aber die Gefühle für Anita gingen über das Gern haben hinaus. Anita unterbrach ihre Gedanken „Was willst du zuerst machen wenn wir da sind? Auspacken, essen und dann ein gutes Buch im Schwimmbad?" Bärbel nickte „Genau in dieser Reihenfolge."

Das Hotel war ein wirklicher Glückstreffer. Klein genug um sich heimelig zu fühlen und groß genug um anonym zu sein. Als sie ihre Zimmer bezogen hatten trafen sie sich im Restaurant. Es war Freitagnachmittag und es lagen noch zwei Wellness Tage vor ihnen. Bärbel war noch nie in so einem teuren Hotel gewesen und genoss jeden Moment. Dank Max bekamen die Frauen die schönsten Zimmer zum halben Preis. Unter Kollegen gab man sich großzügig und so wurden Anita und Bärbel richtig verwöhnt. Kaum saßen sie an ihrem Tisch bekamen sie ein Glas Champagner, natürlich aufs Haus. Anita bestellte für sie beide ein leichtes Mittagessen und ein zweites Glas Champagner. „Wenn ich noch ein Glas trinke, kann ich kein Buch mehr lesen" lachte Bärbel. Anita stimmte ihr zu „Dann lassen wir das mit dem Buch und legen uns einfach an den Pool. Komm, wir lassen es uns richtig gut gehen. Das haben wir uns verdient. Prost." Der Alkohol lies Bärbel mutiger werden und sie hörte sich sagen „Ich bin so froh, dass du in mein Leben gekommen bist. Du bist eine wunderschöne und interessante Frau." Anita lächelte „Meine Liebe, ich glaube du weißt gar nicht wie attraktiv du bist. Ich beneide dich um deine schönen Haare und deine Beine. Und wenn du lächelst hast du ein kleines Grübchen am Kinn, das gefällt mir am allerbesten an dir." Bärbel winkte ab

„Im Ernst, ich bin wirklich glücklich wenn ich mit dir zusammen bin." Anita wurde plötzlich ernst „Ich mag dich sehr Bärbel. Mehr als du ahnst." Anita sah ihr dabei tief in die Augen und Bärbel wurde es ganz heiß. Sie fühlte eine Leidenschaft in sich, von der sie keine Ahnung hatte, nie zuvor gespürt hatte. Am liebsten wäre sie aufgestanden und hätte Anita geküsst. Bei dem Gedanken wurde Bärbel rot und trank schnell noch einen Schluck Champagner.

Nach dem Essen schlug Anita vor, ein Mittagschläfchen zu halten. Gegen 17:00 Uhr wollten sie sich im Schwimmbad wieder treffen. Bärbel war einverstanden. Sie musste ihre Gefühle erst einmal unter Kontrolle bringen. Kaum lag Bärbel auf ihrem Bett, da war sie auch schon eingeschlafen. So viel Alkohol war sie nicht gewöhnt. Das Klingeln ihres Handys weckte sie zwei Stunden später. Es war Anita „Hallo Bärbel, habe ich dich geweckt?" Bärbel gähnte „Ich habe geschlafen wie ein Murmeltier." Anita lachte und sagte ihr, dass es schon 17:30 Uhr sei und sie sich Sorgen machte. Bärbel versichert ihr, dass es ihr gut ging und sie gleich kommen würde. Dann zog sie sich den neuen Badeanzug an und ging zum Schwimmbad. Anita hatte zwei Liegen in einer ruhigen Ecke belegt. Als Bärbel ihren Bademantel auszog, sah sie die bewunderten Blicke Anitas. „Wow, der Badeanzug ist eine Wucht. Da kommt deine Figur richtig zur Geltung." Bärbel genoss die ungewohnten Blicke und das Kompliment. Dann ging sie rasch zur Treppe und stieg in den Pool. Das kühle Wasser tat gut. Anita hatte es nicht so mit Wasser, sie wollte ein bisschen lesen. Bärbel schwamm ein paar Bahnen und legte sich dann zu Anita. Sie unterhielten sich dann über ihre Männer, die Kinder und Freundschaften.

Beim Abendessen genoss Bärbel wieder die bewunderten Blicke Anitas, die ihr gleich ein Kompliment über die neue Bluse machte. Anita trug ein buntes, enganliegendes Kleid. Sie hatte keinen BH an, so dass man ihre kleinen festen Brüste wippen sah. Bärbel musste immer wieder Anita anschauen, ihre dunklen Augen, der Mund, der so spöttisch lachen konnte. Alles an Anita fand Bärbel toll. Sie tranken eine Flasche Wein zum Essen und kicherten wie zwei Teenager. Nach dem Essen gingen sie in die Bar, dort gab es gute Musik. Anita zog Bärbel auf die Tanzfläche und sie tanzten ausgelassen. So jung und glücklich hatte sich Bärbel schon lange nicht mehr gefühlt. Losgelöst und frei von allen Verpflichtungen, liebestrunken vom Alkohol und von Anita. Sie suchten sich eine dunkle Ecke in der Bar um sich auszuruhen. Bärbel prostete Anita zu und trank ihr Glas Champagner in einem Zug leer. Anita wurde plötzlich ernst, rutschte ganz nah zu Bärbel. Dann nahm sie Bärbels Gesicht in ihre Hände und küsste sie erst zart und dann immer leidenschaftlicher. Bärbel war zuerst erschrocken aber der Alkohol nahm ihr die Hemmungen und sie gab sich einfach diesem herrlichen Gefühl hin. In ihr entbrannte ein Feuer das gelöscht werden musste. Anita nahm sie an der Hand und führte sie in ihr Zimmer.

Im Zimmer war Bärbel nicht mehr so zurückhaltend. Sie küsste Anita am Hals und zog ihr das dehnbare Kleid von der Schulter. Dann zog Anita Bärbel die Bluse aus und tat das gleiche. Sie küssten sich leidenschaftlich und gaben sich der anderen hin. Bärbel hatte sich vorher noch Gedanken gemacht wie zwei Frauen wohl miteinander schlafen würden? Aber dann war es so einfach und natürlich, dass sie sich nur wundern konnte. Nach dem Höhepunkt lagen sie erschöpft aber glücklich nebeneinander. In die Stille hinein sagte Anita „Ich liebe dich Bärbel." Bärbel fühlte das Gleiche und nickte „Ich dich auch Anita." Sie küssten sich und kuschelten miteinander. Anita schlief bald darauf ein. Bärbel überlegte ob sie einfach bleiben sollte oder ob sie in ihr eigenes Zimmer gehen sollte. Aber es war so schön mit Anita im Arm, dass sie einfach das Licht löschte und zufrieden einschlief.

Am Morgen war Bärbel zuerst wach. Als sie erkannte wo und mit wem sie im Bett lag umrahmte ein Lächeln ihren Mund. Sie schaute Anita an, die noch tief schlief. Wie schön sie doch ist und wie leidenschaftlich. Dann kamen Schuldgefühle. Sie hatte ihren Mann betrogen! Oder ist es kein Betrug wenn es sich um eine Frau handelte? Bärbel schwirrte der Kopf, auch von dem vielen Alkohol letzten Abend. Als sie sich etwas bewegte wachte Anita auf „Guten Morgen meine Liebe, hast du gut geschlafen?" Bärbel nickte. Anita lächelte und küsste Bärbel auf den Mund. „Guten Morgen." Anita streckte sich und meinte „Ich dusche schnell, dann frühstücken wir, ich habe einen riesen Hunger." Dann stand sie ohne ein weiteres Wort auf und lief ins Bad. Bärbel wusste im ersten Moment nicht was sie tun sollte. Sie hatte gehofft Anita würde etwas dazu sagen. Was war das letzte Nacht? Ein One Night Stand? Geht das auch unter Frauen? Sie war verwirrt. Ihre Gefühle fuhren Achterbahn. Bärbel stand ratlos auf, zog sich an und ging in ihr eigenes Zimmer um sich zu duschen. 20 Minuten später klopfte Anita an ihrer Tür und rief „Ich suche uns schon mal einen schönen Tisch, lass dir Zeit!"

Beim Frühstück wartete Bärbel auf eine Reaktion oder eine Erklärung von Anita. Aber Anita sagte nichts über die vergangene Nacht und wie es weitergehen würde. Anita sagte nur, dass es ein schöner Abend und eine heiße Nacht war. Dabei zwinkerte sie Bärbel verschwörerisch zu. Bärbel bekam fast nichts hinunter, sie hatte einen Kloß im Bauch. Deshalb nahm sie ihren Mut zusammen und fragte „Was war das mit uns letzte Nacht?" Anita schaute sie fragend an. Dann stellte sie ihre Kaffeetasse ab und schaute Bärbel in die Augen. „Bärbel, ich liebe dich und ich hoffe, dass wir noch oft so leidenschaftlich sein können. Ich bin bisexuell. Habe ich dir das nicht erzählt?" Bärbel schüttelte erstaunt den Kopf. „Wie können wir nach so einer Nacht weitermachen wie bisher?" Anita lächelte Bärbel an „Ich liebe dich, aber ich liebe auch meinen Mann und meinen Sohn. Wir sehen uns fast jeden Tag und können uns lieben wenn keiner da ist. Das ist doch schön. Quasi ein Sechser mit Zusatzzahl." So sah es Anita. Bärbel schämte sich, sie hatte Schuldgefühle Klaus gegenüber. „Ich weiß nicht ob ich das kann? Wie soll ich Klaus unter die Augen treten?" Anita nahm Bärbels Hand. „Bärbel, ich dachte du genießt die sexuelle Freiheit genauso wie ich. Ich genieße den Sex mit meinem Mann aber ich finde die Leidenschaft zwischen zwei Frauen sinnlicher. Mach es bitte nicht kompliziert." Bärbel war mehr als überrascht. „Du meinst also, wir sind zwei Freundinnen die ab und zu Sex haben? Ohne Verbindlichkeit." Anita nickte und lächelte Bärbel freundlich an. „Geht das für dich?" Bärbel wusste gar nicht mehr was sie fühlte oder was sie fühlen sollte. Sie brauchte etwas Abstand, deshalb stand sie auf. „Anita, ich mache jetzt einen langen Spaziergang. Das muss ich alles erst einmal verdauen." Bärbel zog ihre Wanderstiefel an und lief in den Wald.

Nach zwei Stunden im Wald wurde Bärbel wieder ruhiger. Was hatte sie sich nur gedacht? Wie ein Teenager hatte sie sich benommen. Sie musste sich zwar eingestehen, dass sie in Anita verliebt war, aber sie wollte Klaus auf keinen Fall kränken oder verlieren. Klaus war ein guter Vater und liebevoller Ehemann. Sicher, nach vielen Jahren hatte die Leidenschaft abgenommen, aber sie spürte auch, dass sie sich in ihrer Ehe wohl fühlte. Klaus war nicht nur ihr Liebhaber sondern auch ihr Freund und Vertrauter. Vielleicht ist das mit jeder Liebe so. Am Anfang ist man Feuer und Flamme und dann brennt das Holz einfach langsam ab und eine ruhige Wärme bleibt übrig. Unwillkürlich musste sie lächeln als sie an Klaus dachte. War das schon immer so? Ja, es fiel ihr jetzt erst auf. Der Gedanke an ihren Mann ließ sie automatisch lächeln! Das war ein schönes, vertrautes Gefühl. Sie atmete ein paar Mal tief ein. Natürlich würde sie diesen tollen Menschen nicht verletzen. Endlich hatte sie wieder zu ihrem Gleichgewicht gefunden. Aber konnte sie wirklich nach dieser Nacht mit Anita Tür an Tür wohnen und so tun als ob nichts geschehen wäre?

Anita wartete an der Rezeption auf Bärbel. Sie kam ihr entgegen. „Wie geht es dir jetzt?" Bärbel nahm Anita in den Arm und sagte „Der Spaziergang hat mir gut getan. Ich sehe jetzt wieder klarer." Anita atmete erleichtert auf. „Komm, lass uns in die Wellness gehen. Dort können wir uns ungestört unterhalten." Sie belegten wieder zwei Liegen in der ruhigen Ecke. Heute wollte Bärbel nicht schwimmen, sie legte sich auf die Liege und war gespannt was Anita noch zu sagen hatte. Diese kam mit zwei Gläser Champagner in der Hand. „Auf dich und dein erstes Mal mit einer Frau." Bärbel trank einen Schluck, aber heute schmeckte er bitter. Neugierig fragte sie „Du hattest also schon öfter eine Liebesnacht mit einer Frau?" Anita nickte „Ja. Wenn ich mich in eine Frau verliebe, dann zeige ich ihr meine Zuneigung und wenn es passt, lieben wir uns." Bärbel bewunderte Anita für ihren freien Geist, für ihr Aussehen und ihre Herzlichkeit. „Es ist auch schon vorgekommen, dass eine Frau sich komplett von mir zurückgezogen hat, nachdem ich sie geküsst hatte. Danach war ich etwas vorsichtiger. Aber bei dir habe ich gleich gespürt, dass du mich auch liebst. Du hast es nur noch nicht gewusst." Bärbel lächelte schwach. „Ich wusste gar nicht, dass ich eine Frau lieben kann und ich habe mir noch nie vorgestellt wie es mit einer Frau sein könnte." Anita neckte sie und lachte „Aber dafür bist du ganz schön ran gegangen gestern Abend." Bärbel nickte „Ganz ehrlich! Das war der Alkohol. Bitte entschuldige, ich meine nicht, dass es ein Fehler war, aber ohne Alkohol hätte ich mich nicht so gehen lassen können." Anita schüttelte den Kopf „Du hast dich nicht gehen lassen, du bist nur deinen Gefühlen gefolgt. Bärbel, ich habe dich wirklich sehr, sehr lieb und ich würde mich freuen wenn daraus eine tiefe Freundschaft werden würde." Bärbel war gerührt „Ich habe dich auch sehr lieb aber ich möchte auf keinen Fall meinen Mann verlieren." Anita zwinkerte Bärbel zu „von mir erfährt er nichts! Männer müssen nicht alles wissen." Jetzt war Bärbel beruhigt.

Am Abend trank Bärbel nicht so viel Wein, aber als sie sich von Anita vor ihrer Zimmertür verabschieden wollte, küssten sie sich so leidenschaftlich, dass sie wieder zusammen im Bett landeten. Bärbel fand die Leidenschaft mit dieser Frau nüchtern sogar noch schöner. Es war eine neue Welt für sie und es war aufregend und beängstigend zugleich. Als sie später noch zusammen kuschelten fragte Bärbel „Weiß eigentlich dein Mann von deinen erotischen Ausflügen?" Anita lachte lauthals „Das hast du toll umschrieben! Mein Mann weiß, dass ich auch Frauen liebe. Es ist für ihn ein zusätzlicher Kick wenn wir Sex haben. Er ist auch nicht eifersüchtig weil er weiß, dass ich ihn niemals verlassen würde." Bärbel war beeindruckt. „Niemals?" Anita schüttelte den Kopf „Max ist ein guter Liebhaber, mein Freund, ein guter Vater. Er ist einfach ein toller Mann. Ich liebe ihn über alles und würde ihm nie weh tun." Damit war alles gesagt.

Am Sonntagmittag kamen sie zu Hause an. Klaus nahm sie in den Arm und küsste sie innig. Das hatte er schon lange nicht mehr gemacht. Der Kuss entfachte ihre Leidenschaft und es überraschte sie und ihn. „Du solltest öfters mal für ein paar Tage verreisen. Komm, Lara und Marcel sind noch nicht da, nutzen wir die Gunst der Stunde." Bärbel hätte es nicht für möglich gehalten, aber die Leidenschaft, die Anita in ihr geweckt hatte, kam auch Klaus zu gute. Sie liebten sich leidenschaftlich. Klaus war begeistert. „Mein Schatz, so toll war es schon lange nicht mehr. Ich habe ganz vergessen was für eine sinnliche Frau du bist. Du bist immer noch schön, weißt du das." Bärbel fühlte sich wohl in Klaus Armen. Darüber war sie sehr erleichtert. Und „Ich liebe dich" kam ihr auch ganz selbstverständlich über die Lippen. Genau das fühlte sie. Sie hätte nicht gedacht, dass man zwei Menschen gleichzeitig lieben konnte, aber so war es.

Am Montagmorgen kam Anita vorbei. „Guten Morgen Bärbel, hast du unser Wochenende gut überstanden?" Bärbel schenkte Anita einen Kaffee ein „Ach Anita, es war ein wirklich schönes Wochenende" dabei wurde sie rot. Anita nahm sie in den Arm und wollte sie küssen. Bärbel erschrak und zuckte zurück. „Tut mir leid Anita, aber das kann ich nicht. Nicht in meinem Haus." Anita ging freundlich auf Distanz. „Nun, es war vielleicht etwas viel für dich. Du musst dich erst einmal daran gewöhnen." Bärbel schüttelte den Kopf „Nein Anita, versteh mich nicht falsch. Das Wochenende war sehr schön und ich bereue nichts. Aber ich möchte lieber eine „normale Freundschaft" mit dir führen." Anita schaute Bärbel fragend an. Bärbel zuckte die Schultern und erklärte „Das ist mir eben einfach so über die Lippen gekommen, aber es ist das was ich fühle. Ich liebe meinen Mann und ich möchte ihn nicht betrügen, auch nicht mit meiner besten Freundin." Anita lächelte spöttisch „du bist und bleibst eine kleinkarierte Lehrerin. Aber ich verstehe dich natürlich. Bekomme ich trotzdem noch ab und zu einen Kaffee?" Bärbel war erleichtert, dass Anita es so sportlich aufnahm und umarmte sie freundschaftlich.

Anita kam nun nicht mehr so oft auf einen Kaffee vorbei und ging auch nicht mehr mit Bärbel zu Qi Gong. Sie hatte in kürzester Zeit eine neue beste Freundin und Bärbel sah sie ab und an auf der Terrasse zusammensitzen und küssen. Glücklicherweise hatte sie jetzt wieder Zeit für ihre früheren Freundinnen, die sie alle vermissten. Sie brachte die eine oder andere Freundin dazu Yoga und Qi Gong auszuprobieren und ging öfter wieder mit Klaus ins Kino. Sie war Anita nach wie vor dankbar, denn sie hatte in Bärbel die Frau geweckt, die schon immer da war. Bärbel hatte viel mehr Spaß am Leben und war glücklich. Sie winkte Anita wenn sie sie sah, hielt sich aber sonst zurück. Und Anita? Sie kam immer seltener und eines Tages stand der Umzugswagen vor der Tür. Dann kam sie ein letztes Mal um sich zu verabschieden. Ihr Mann hatte wieder eine neue Position und sie mussten umziehen. Bärbel sah Anita nie wieder und sie hinterließ auch keine Adresse. Und Bärbel? Sie dachte jedes Jahr an Muttertag an dieses aufregende Wochenende mit Anita.

Am Ende wird alles gut

Carolin grüßte die Empfangsdame und strahlte ihre Sekretärin an. „Guten Morgen Anne, ich habe gestern Abend noch über den Fall „Maurus" nachgedacht. Und eine Lösung gefunden! Kommen Sie doch bitte in zehn Minuten in mein Büro." Dann öffnete sie schwungvoll die Tür zu ihrem Büro und blieb überrascht stehen. Da stand ein Mann! Mitten in ihrem Büro! Sie drehte sich zu ihrer Sekretärin um und sah sie fragend an. Anne zuckte nur die Schultern. Also wusste Anne nicht wer der Mann war oder nicht wie er in ihr Büro kam? Sie ging auf den gutaussehenden Mann zu. „Guten Morgen, kann ich Ihnen irgendwie helfen?" Max schaute sie freundlich an und stellte sich vor. „Guten Morgen, Max von Streib, wir wurden uns noch nicht vorgestellt." Jetzt fiel es Carolin wieder ein. Er sah auf den Bewerbungsfotos ganz anders aus und bei seiner persönlichen Vorstellung war Carolin nicht dabei gewesen. Sie gab ihm lächelnd die Hand. „Guten Morgen Herr von Streib. Entschuldigen Sie bitte, dass wir kein Empfangskomitee bereit gestellt haben." Jetzt lachten beide. „Sie haben ein schönes Büro mit einem wunderschönen Blick" Max zeigte auf die Skyline von Frankfurt. Carolin legte ihren Aktenkoffer auf den Schreibtisch und trat zu Max an das Fenster. „Ja, ich liebe diesen Blick. Ihr Büro ist auf der anderen Seite, aber der Blick aus Ihrem Fenster ist auch ganz schön. Kommen Sie, ich bringe Sie hinüber. Paul, kommt heute Morgen etwas später." Sie durchquerten die gesamte Büroetage und kamen in ein helles Foyer. Hellen war am Empfang, sie war die Sekretärin von Paul und jetzt auch für Max von Streib. „Hallo Hellen, darf ich Ihnen Max von Streib vorstellen. Herr von Streib, das ist Ihre Sekretärin Hellen." Max gab Hellen die Hand. „Guten Morgen Frau ..?" Carolin lachte. „Entschuldigung. Wir sprechen uns, ganz nach amerikanischem Stil, mit den Vornamen an." Hellen begrüßte Max. „Herzlich Willkommen bei Schenker Versicherungen. Ich habe von Paul den Auftrag Ihnen Ihr Büro zu zeigen und Sie mit dem Bürokomplex vertraut zu machen. Darf ich bitten?" Carolin lächelte diesen sehr gutaussehenden Max an und verabschiedete sich dann.

In ihrem Büro angekommen nahm sie seine Akte heraus. Das Bild bei den Unterlagen war wohl etwas älter und unscheinbarer. In Wirklichkeit sah Max richtig gut aus. Carolin suchte seinen Familienstand: Bingo! Nicht verheiratet. Tja, das ist wohl ein guter Tag. Aber sie schüttelte gleich wieder den Kopf. Kein Techtelmechtel mit Mitarbeiter!! Das ist und war immer ihre Devise und auch die Vorstelllungen von Schenker Versicherungen. Schon Opa hatte gesagt, dass sie nie etwas mit dem Personal anfangen soll. Nur gut, dass keiner weiß wer sie wirklich war. Anne kam herein und riss Carolin aus ihren Gedanken. „Sie sagten ich soll in zehn Minuten kommen. Also welche Lösung haben sie im Fall „Maurus" gefunden?" Und schon war Carolin wieder in ihrem Element.

Carolin war Juristin, wie fast alle Mitarbeiter im Management. Niemand fand es komisch, dass sie schon während ihres Studiums hier arbeitete und kurz nach ihrem Einstieg damals Juniorpartnerin wurde. Sie war jetzt fast zehn Jahre im Unternehmen und nicht einmal Paul, ein enger Freund, wusste, dass sie die Enkelin vom Firmengründer war. Ihr Großvater hatte sie damals mit gerade mal 25 Jahren „eingestellt" und sie zur Juniorpartnerin gemacht. Kurz danach war er verstorben und hat seiner einzigen Tochter, Carolins Mutter, die Versicherung hinterlassen. Carolins Mutter hatte nach ihrer Scheidung wieder ihren Mädchennamen angenommen und hieß Schenker. Aber Carolin hieß mit Nachnamen Grund, der Name ihres Vaters. So waren sich Mutter und Tochter einig, dass sie die verwandtschaftlichen Beziehungen verschweigen würden. Carolin wollte nicht bevorzugt werden. Zu den Sitzungen der Eigentümer flog Carolin immer nach Florida zu ihrer Mutter. So kam es, dass die Mitarbeiter der Versicherung dachten, die Versicherung wäre ein Ableger einer amerikanischen Holding. Carolins Mutter hatte sich in Florida ein neues Leben aufgebaut und die Führung der Versicherung in Carolins Hände gelegt. Vor zwei Jahren dann überschrieb sie Carolin ihre Anteile. Carolin flog dennoch jedes Jahr zweimal nach Florida um das mit der Holding aufrecht zu erhalten. Und sie genoss die Tage mit ihrer Mutter und deren neuen Mann.

Um die Verantwortung für so ein großes Unternehmen zu teilen, machte sie Paul zum Partner. Nach einem Wachstumsschub in den letzten drei Jahren suchten sie sich Verstärkung in der Person von Max von Streib. Max war ein ausgekochter Versicherungsagent und kannte alle Tricks. Er hatte BWL studiert und war bei der Allkanz Versicherung schnell aufgestiegen. Doch jetzt stagnierte seine Karriere. Als er Paul vor einigen Monaten im Fitness-Studio kennen lernte, verstanden sie sich auf Anhieb. Deshalb freute es ihn besonders als Paul ihn im Management der Schenker Versicherungen haben wollte. Die Andeutung, dass bei Schenker Versicherung ein zusätzlicher Partner gebraucht würde, ließ ihn schon von einer Penthouse Wohnung träumen. Paul hatte bei Max Einstellung freie Hand.

Nachdem Anne mit der Lösung des Falls „Maurus" betreut wurde, kümmerte sich Carolin um einen anderen Fall. Sie war von ihrem Großvater dazu erzogen worden auch immer die soziale und menschliche Seite eines Versicherungsschadens zu sehen. Er war der Meinung, dass man auch eine moralische Verpflichtung hätte und etwas an sozial schwache Menschen zurück geben musste. Der neue Fall mit dem sie sich beschäftigte, war ein vermeintlicher Ärztefehler. Bei einem achtjährigen Jungen war nach einer Knieoperation, aufgrund eines Fahrradunfalls, das Knie steif geblieben. Die Familie forderte von dem Krankenhaus Schadensersatz. Knifflig war, dass nicht nur die Familie des Jungen sondern auch das Krankenhaus bei Schenker versichert war. Bevor sie alle Beteiligten anhören wollte, brauchte sie einen ärztlichen Rat. Sie wollte Dr. Storm anrufen. Er stand Carolin seit seiner Pensionierung vor fünf Jahren als Berater zur Verfügung. Dr. Storm arbeitete in verschiedenen Krankenhäusern in Amerika und Europa und war Chirurg für Orthopädie. Mit der Zeit hatte Carolin einige Ärzte als Berater gewinnen können. Sie wollte einen Fall immer ganz genau betrachten und sich von einem Facharzt, wie Dr. Storm, beraten lassen bevor sie ein Urteil fällte. So auch dieses Mal. Sie rief ihn gleich an „Guten Morgen Dr. Storm, ich habe wieder einen interessanten Fall. Ein achtjähriger Junge. Seit einer Knie-OP ist das Gelenk steif und ich möchte mit ihrer Hilfe herausfinden ob ein Ärztefehler vorliegt. Könnten Sie mich heute Mittag besuchen? Gegen 15:00 Uhr? Super. Danke. Dann bis heute Mittag." Sie notierte sich diesen Termin im Outlook, damit auch Anne sehen konnte wann ihre Chefin beschäftigt war.

Plötzlich klopfte es. Carolin schaute auf. Es war Max von Streib. „Entschuldigen Sie die Störung, aber Paul ist noch nicht gekommen. Dank Hellen habe ich mir jetzt einen Überblick über das Gebäude und die Büros gemacht. Aber jetzt weiß sie nichts mit mir anzufangen." Er stand etwas verloren da. Carolin lächelte und bat ihn sich zu ihr zu setzen. „Okay, ich erzähle Ihnen von meinem momentanen Fall." Sie erklärte ihm die Fakten des Jungen mit dem steifen Knie. „Wenn Sie wollen, kommen Sie um 15:00 Uhr dazu wenn Herr Dr. Storm uns die ärztliche Sicht der Dinge erklärt." Als er erfuhr, dass auch das Krankenhaus bei Schenker versichert ist meinte er „Es ist wohl keine Frage, dass das Krankenhaus gewinnt." Dabei zwinkerte er ihr zu. Carolin schaute ihn erstaunt an. „Wie meinen Sie das?" Max überlegte nicht lange und antwortete „Nun, wenn das Krankenhaus einen Fehler gemacht hat, muss unsere Versicherung eine Menge Geld bezahlen. Also darf sie keinen Fehler gemacht haben." Carolin verstand. „Sie meinen also, unsere Versicherung darf auf keinen Fall den Eltern recht geben. Auch wenn sie im Recht wären." Max lächelte sie an und nickte. „Genau so sehe ich das." Carolin kannte das schon von anderen Versicherungsagenten.

Deshalb richtete sie ihren Blick direkt auf ihn und erklärte ihm „Schenker ist anders Max. Wir versuchen tatsächlich herauszufinden wer der Verursacher eines Schadens ist. Und dann wird bezahlt, egal wie viel. Wir können uns das leisten, weil wir gerade wegen dieser Einstellung eine Menge Kunden haben." Max nickte. „Okay, das ist moralisch sehr gut. Aber was sagt die Holding wenn die Versicherung so handelt?" Carolin blieb gelassen. „Die Holding hat so viel Vertrauen zu uns, dass sie unsere Entscheidungen nicht in Frage stellt." Max hätte gerne mehr über die Holding erfahren, aber er bemerkte, dass er mit dieser Frage auch Carolins Kompetenz in Frage stellte. Aber zu seiner Überraschung blieb sie ruhig und freundlich. Das beeindruckte ihn. „Ich wollte auf keinen Fall Ihre Entscheidung in Frage stellen? Aber verstehen Sie mich nicht falsch. In den Versicherungen, in denen ich gearbeitete habe, wurde anders gehandelt. Zum Wohl des Unternehmens." Carolin war gelassen „Ich weiß, dass viele Versicherungen so handeln. Genau deshalb arbeite ich bei Schenker. Wissen Sie, ich habe noch den Firmengründer, Otto Schenker, gekannt. Bei ihm habe ich gelernt. Es war ihm wichtig, dass wir auch wieder etwas zurückgeben. Versicherungen verdienen so viel, dass sie auch human handeln können. Und genau das tun wir hier. Eine Entscheidung zugunsten eines geschädigten Patienten macht mehr positive Werbung als alle Werbespots im Fernsehen. Deshalb haben wir auch einen Zuwachs von 15%, während andere Versicherungen um ihre Kunden buhlen müssen. Und deshalb –sie machte eine kleine Pause- braucht Paul Unterstützung." Max verstand. „Daran muss ich mich erst einmal gewöhnen. Dass es so etwas noch gibt? Hier wird also tatsächlich der Grund eines Schadens ermittelt und gezahlt. Wow, das ist wirklich enorm in unserer Zeit. Und das mit einer amerikanischen Holding? Gerade die Amerikaner wollen doch nur Profit machen. „Er sagte dies wohl eher zu sich selbst als zu Carolin denn er schüttelte dabei immer den Kopf. „Darf ich fragen wie viel Beschäftigte die Holding hat?" Carolin wollte nicht lügen deshalb sagte sie. „Die Holding besteht aus einer kleinen Mannschaft, die diesen deutschen Ableger eher intim behandelt. Ich glaube das hängt noch mit dem Gründer und seiner Tochter zusammen." Das war nicht gelogen. Max konnte sich darauf keinen Reim machen und dachte, dass er später mit Paul darüber reden würde. Da ging die Tür auf und Paul stand da. „Guten Morgen ihr Zwei, wie ich sehe habt ihr euch schon bekannt gemacht. Entschuldigung Max, mir kam etwas dazwischen." Er gab Max die Hand und begrüßte Carolin mit Wangenküssen. „Ich habe gleich ein Gespräch und möchte Max dabei haben. Geht das?" Carolin nickte. „Natürlich, ich habe Max gerade einen meiner kniffligen Fälle erklärt. Das kann er dir ja unterwegs erzählen." Max nickte ihr zu und dann verließen die beiden Männer ihr Büro.

Sie hatte ein komisches Gefühl bei Max, aber sie konnte es nicht erklären. Einerseits fand sie ihn sehr attraktiv und hatte den Eindruck, dass er mit ihr flirtete, aber andererseits hatte sie das Gefühl sich vor ihm schützen zu müssen. Plötzlich kam ihr der Gedanke, dass sie ihre persönlichen Unterlagen über den Partnervertrag und den Besitz der Versicherung mit nach Hause nehmen sollte. Hier im Büro-Safe, zu dem Paul einen Schlüssel hatte, fand sie es nicht mehr sicher.

Am Nachmittag kam Dr. Storm. Er schaute sich im Fall „Knie-OP" die Röntgenaufnahmen an und las den OP Bericht. Er machte eine interessante Entdeckung. „Carolin, wenn ich es nicht besser wüsste, müsste ich der Familie raten den Jungen noch einmal operieren zu lassen. Ich glaube hier liegt ein kleines Stück Knochen quer. Kann ich die Familie anrufen? Ich möchte noch ein MRT haben und zwar von dieser Seite hier." Er zeigte ihr den Verdacht und erläuterte was er sich vorstellen konnte. „Wollen Sie damit sagen, dass eine Chance besteht, durch eine zusätzliche Operation das Knie zu retten? Das wäre ja großartig!" Dr. Storm nickte. Carolin war begeistert. Nicht, weil sie nicht zahlen wollte, Geld war ihr egal. Sie freute sich, dass man dem Jungen womöglich helfen konnte. „Welche Klinik schlagen sie vor? Die Kosten übernehmen wir. Wir müssten ja sowieso zahlen." Dr. Storm empfahl die Orthopädie in Schlierbach bei Heidelberg. Hier waren Spezialisten, denen er voll vertraute. Dort ließen sich auch namhafte Sportler operieren. Carolin rief sofort bei den Eltern an und vereinbarte einen Termin mit Dr. Storm in der Orthopädie in Schlierbach. Sie hoffte sehr, dass man dem Jungen helfen konnte.

Kurz vor 17:00 Uhr kam Paul zu ihr ins Büro. „Hallo Paul, komm setz dich. Was war denn heute Morgen los bei dir? Ich habe es nicht ganz verstanden." Paul setzte sich und erzählte. „Du weißt doch, dass Marion unbedingt ein Kind will. Ich meine, wir gerne Kinder hätten. Doch obwohl sie schon drei Fehlgeburten hatte will sie es weiter versuchen und hatte kurzfristig einen Termin bei einem Gynäkologen vereinbart, der auf künstliche Befruchtung spezialisiert ist. Ohne mit mir darüber zu reden." Carolin meinte „Marion nimmt ganz schön viel auf sich. Du scheinst darüber nicht glücklich zu sein." Paul schüttelte den Kopf. „Das bin ich schon lange nicht mehr. Seit sie den Kinderwunsch wie eine fixe Idee hat, haben wir kein normales Eheleben mehr. Ich darf nur mit ihr Sex haben wenn es in den Terminplan passt. Manchmal zwei Mal am Tag und dann wieder ein paar Monate gar nicht um die Schwangerschaft nicht zu gefährden. Natürlich habe ich Verständnis für ihre Situation. Aber ganz ehrlich? Ich weiß nicht mehr ob ich unter diesen Bedingungen ein Kind will. Wir leben nur noch für ein Kind, das es vielleicht nicht geben wird. Und dann? Ich weiß nicht mehr ob ich Marion noch liebe. Wir sind uns von Praxis zu Praxis fremder geworden." Paul war über seine eigenen Worte erschüttert. Carolin wollte ihn trösten „Ich versteh dich gut. Diese Hochstimmung wenn sie schwanger war und die Enttäuschungen wenn es zur Fehlgeburt kam. Wolltet ihr nicht eine Pause einlegen?" Paul nickte „Eigentlich ja, aber dann hatte sie wieder so Hoffnung und stürzt sich auf ein neues Verfahren. Ganz ehrlich, ich kann nicht mehr." Caroline war ehrlich besorgt „Paul, du musst es Marion sagen. Du musst ehrlich mit ihr reden. Sie könnte ein Jahr pausieren und ihr macht mal einen längeren Urlaub." Paul meinte „Ja Urlaub, das wäre schön. Vor Lauter Kinderwunsch waren wir die letzten vier Jahre nicht mehr richtig in Urlaub." Paul wollte noch nicht nach Hause gehen und lud Carolin zum Essen ein.

Beim Italiener erzählte er ihr dann von seinem Gefühlschaos und dass im Moment wieder Marions

Eltern bei ihnen lebten. Immer wenn Marion schwanger werden wollte, kamen die Eltern um sie zu unterstützen, weil sie dann wochenlang im Bett lag um die Schwangerschaft nicht zu gefährden. Paul war am Ende seiner Kräfte. Carolin war froh, dass Paul jetzt zumindest im Büro Unterstützung hatte. Um das Gespräch in andere Bahnen zu lenken fragte Carolin „Wie lief es heute eigentlich mit Max?" Paul strahlte nun als er von Max erzählte „Ich glaube, da haben wir einen guten Fang gemacht. Er hat eine schnelle Auffassungsgabe und kann gut mit Menschen umgehen. Die weiblichen Mitarbeiter sind ganz vernarrt in ihn, einschließlich Hellen, und das will was heißen." Carolin lächelte „Ja, er sieht gut aus und hat sehr gute Umgangsformen." Paul lachte „Du wirst dich doch nicht auch noch in ihn verlieben?" Carolin winkte ab. „Kein Techtelmechtel mit Mitarbeiter, das weißt du doch. Obwohl ich ihn wirklich interessant finde. Und sehr neugierig." Paul wollte wissen was sie damit meinte und Carolin erzählte von dem Gespräch über die Holding. „Die Holding besteht doch nur aus ein paar Menschen, die diese Versicherung geerbt haben und zufällig in Amerika leben. Oder habe ich da etwas falsch verstanden?" Carolin erklärte „So ähnlich ist es, ja." Paul waren die Besitzverhältnisse egal. Er hatte einen sehr gut bezahlten Job, der ihm viel Spaß machte und über die Eigentümer hatte er sich nie Gedanken gemacht. Paul fühlte sich nach dem Essen wieder richtig gut. Das war immer so wenn er mit Carolin zusammen war. Sie kannten sich jetzt schon acht Jahre und waren sich so nah wie es ein verheirateter Mann mit seiner Geschäftspartnerin sein konnten. Sie war seine Vertraute, seine Freundin. Ohne sie hätte er die letzten zwei Jahre nicht überstanden. Carolin tröstete ihn nach den Fehlgeburten und munterte ihn wieder auf. Marion litt selbst so schwer, dass sie ihn nicht auch noch trösten konnte. Aber Carolin hatte recht, er musste so schnell wie möglich mit Marion reden. Er war sich darüber im Klaren, dass es auch das Ende seiner Ehe bedeuten könnte. Aber auch das war ihm im Moment egal. Er war psychisch und physisch am Ende und bräuchte in der Tat eine längere Auszeit. „Weißt du, wenn Max eingearbeitet ist, mache ich eine längere Pause. Ich wollte schon immer mal mit einem Wohnmobil durch Amerika. Vielleicht bekomme ich auf dem Weg wieder einen klaren Kopf." Carolin verstand ihn und versprach, ihn auch hier zu unterstützen. „Deine Partnerschaft ist dir sicher. Egal was kommt und egal wie lange du weg bist." Darauf stießen sie mit Champagner an und gingen bald darauf nach Hause.

Zuhause legte Carolin zuerst ihre persönlichen Unterlagen in ihren Safe. Damit hatte sie ein gutes Gefühl und ging zeitig ins Bett. Die nächsten Tage waren für Carolin aufregend, weil der Junge in Schlierbach operiert wurde und sich die Mediziner sicher waren, dass das Knie nicht steif blieb. Sie schickte Spielsachen mit einem persönlichen Gruß ins Krankenhaus und zahlte an die Eltern Euro 5.000,00 für die Ausbildung des Kindes. Dann bat sie den Chirurg, der das Kind zuerst operierte zu einem Gespräch. Zusammen mit Dr. Storm informierten sie den Chirurg, dass der Junge noch einmal operiert wurde und jetzt auf dem Weg der Besserung war. Dr. Storm bestätigte aber, dass der Chirurg nicht im eigentlichen Sinne einen Fehler gemacht hatte, sondern leider nur nachlässig war. Zufrieden mit sich saß Carolin am Freitagnachmittag in ihrem Büro und nahm sich einen neuen Fall an. Da kam Paul ins Zimmer. „Hallo Carolin, hast du heute Abend schon etwas vor?" Als Carolin verneinte, lud er sie zum Abendessen ein. Er habe Ihr einiges zu erzählen. Carolin dachte zuerst, dass Marion wieder schwanger geworden war. Aber es war keine Freude in seinem Gesicht. „Setz dich erst einmal. Du siehst nicht gut aus. Was ist denn los?" Paul setzte sich und erzählte emotionslos, dass Marion ausgezogen ist. Er hatte ihr gesagt, dass er eine Pause einlegen und sie wieder als Frau spüren wollte. Marion aber wollte nur Mutter sein und lehnte ab. Als Paul andeutete, dass er ihre Ehe in Frage stellte, zog sie noch am Abend aus der Wohnung aus. „Sie ist mit ihren Eltern abgefahren. Heute Mittag habe ich per Mail die Ankündigung der Scheidungspapiere bekommen." Carolin wollte ihn trösten „Paul, das tut mir sehr leid für dich." Aber Paul schüttelte den Kopf „Danke. Das schlimme ist. Ich bin erleichtert! Der enorme Druck ein Kind haben zu müssen hat unsere Partnerschaft zerstört. Wir haben nur noch über Kinder und Schwangerschaft gesprochen. Meine Arbeit, Kino, Theater, Essen gehen? Das hat sie alles nicht mehr interessiert. Ich hoffe, sie trifft einen Mann der ihr diesen Wunsch erfüllen kann." Paul schaute Carolin an. „Ich brauche jetzt etwas zu trinken. Bringst du mich später nach Hause?" Carolin lächelte ihren Freund an und nickte. „Ich pass auf dich auf."

Nach zwei Flaschen Wein war Paul dann doch traurig. Er verstand nicht, dass er seine große Liebe Marion nicht glücklich machen konnte. „Wann ist unsere Liebe verschwunden? Wir haben es gar nicht bemerkt. Du hättest ihren Blick sehen sollen. Er schrie mir „Versager" an den Kopf. Sie machte mich für ihre Kinderlosigkeit verantwortlich. Das konnte ich nicht mehr aushalten. Ich bin wirklich froh, dass es vorbei ist." Gegen Mitternacht brachte Carolin Paul nach Hause. Er schaffte es nur noch ins Wohnzimmer auf die Couch. Dort war er angezogen eingeschlafen. Als Paul sich bis Samstagmittag noch nicht gemeldet hatte, machte sich Carolin Sorgen und fuhr bei ihm vorbei. Er kam verkatert an die Tür und versicherte ihr, dass er nur Schlaf brauche. Am Montagmorgen wäre er wieder im Büro.

Der Sonntag war verregnet und so fuhr Carolin ins Büro und sortierte die neuen Akten nach Wichtigkeit und persönlichem Interesse. Sie saß noch nicht lange an ihrem Schreibtisch als sie ein Geräusch hörte. Nanu, wer würde denn noch am Sonntag arbeiten? Carolin verließ ihr Büro und ging durch die Etage. Max hatte die Schritte in seinem Büro gehört und war auch aus seinem Büro gekommen. Als sie sich sahen mussten sie lachen. „Ich dachte schon, es ist ein Einbrecher. Sie haben Glück, dass ich keinen Elektroschocker dabei habe." Max antwortete „Zum Dank mache ich ihnen eine Tasse Kaffee." So saßen sie zehn Minuten später in der Kaffeeküche und tranken Kaffee. „Sie arbeiten zu viel. Was sagt da ihr Mann?" Carolin lachte „Für einen Mann habe ich tatsächlich keine Zeit. Ich arbeite gerne. Die Firma ist mein Leben." Max flirtete wieder mit ihr. „Dann machen sie mir die Freude und essen mit mir zu Abend." Carolin war hin und her gerissen. Aber er interessierte sie auch. „Also gut, ich brauche noch eine Stunde. Sagen wir um 18:00 Uhr? Um die Ecke ist mein Lieblings-Italiener. Wäre das okay für Sie?" Max war alles recht, er fand Carolin sehr anziehend. „Dann bis später." Sie gingen lachend in ihre Büros.

Der Abend wurde sehr schön. Carolin fand Max sehr interessant und erlag seinem Charme. Sie flirtete sogar mit ihm obwohl sie das nicht wollte. Zum Abschied gab sie ihm aber die Hand. Für Wangenküsschen war sie noch nicht bereit. Sie lag noch lange lächelnd im Bett und dachte an Max. Er wäre genau der passende Mann für sie. Max sah gut aus, hatte Humor, war belesen, machte Sport und verstand etwas von Versicherungen. Ob das ein Wink vom Schicksal war? Carolin wollte dieses Mal ihre Gefühle zulassen obwohl sie gegen ihren Codex verstieß.

Am nächsten Morgen kam Max zuerst in ihr Büro um sich für den schönen Abend zu bedanken. Er meinte, dass sie öfter miteinander essen gehen sollten. Carolin lächelte ihm glücklich nach. Und ob sie das wollte. Dann kam Paul. Er sah immer noch nicht gut aus aber seine Stimmung war besser. „Guten Morgen Carolin. Danke für die Rettung am Freitagabend. Das habe ich gebraucht. Am Sonntag habe ich alles, was Marion gehörte, in Kisten verpackt. Morgen Mittag bringe ich die Sachen zu ihren Eltern und spreche mit ihr über die Scheidung. Das dürfte keine große Sache sein. Wir haben keine Kinder und die Wohnung gehört uns zusammen. Also werde ich sie verkaufen und ihr ihren Teil ausbezahlen." Carolin war überrascht „Hast du dir das auch alles gut überlegt? Du bist dir ganz sicher, dass du die Scheidung wirklich willst?" Paul nickte. „Ja, als ich die Kisten gepackt habe, wurde mir klar, wie weit wir uns innerlich schon entfernt hatten. Es ist nichts mehr da, was ich ihr geben könnte." Sie sah Paul an und wusste, dass er es genauso meinte. „Möchtest du ein paar Tage frei machen? Einen Makler aufsuchen und ein bisschen Sport machen?" Er nickte „Ja, das ist eine gute Idee. Ich übergebe meine Fälle an Max. Wenn er Fragen hat, kann er mich anrufen." Dann nahm er Carolin in den Arm und ging.

Carolin löschte am Abend gerade das Licht in ihrem Büro als Max winkte. „Hallo Carolin, warte, ich möchte dich noch etwas fragen?" Sie strahlte ihn an und wusste sofort, dass sie den Abend gemeinsam verbringen würden. Und so landeten sie wieder bei ihrem Italiener um die Ecke. Max erzählte von den Fällen, die er bearbeitete und Carolin gab ihm den einen oder anderen Tipp. Plötzlich spöttelte er über die Holding. „Wir wollen ja alles moralisch richtig machen, damit die Holding zufrieden ist. Nicht wahr?" Carolin fühlte sich persönlich angegriffen und antwortete sehr ernst „Max, in erster Linie sollen unsere Kunden zufrieden sein. Aber ja, die „Mutterfirma" hat ein Gredo und an dem halten wir fest. Gerecht und sozial soll Schenker sein. Solange ich die Firma ...." Sie hätte sich fast verraten deshalb sagte sie „ Solange ich für die Firma verantwortlich bin, wird es genau so gemacht." Max griff nach ihrer Hand. „Entschuldige, ich wollte nicht an deinem Führungsstil rütteln. Aber auch Paul ist der Meinung, dass man den Profit im Auge behalten soll. Rücklagen können schnell aufgebraucht sein. Es wäre nicht die erste Versicherung, die Probleme bekommt." Carolin wurde hellhörig. War das wirklich Pauls Meinung? Kannte sie ihn doch nicht so gut? Sie nahm sich vor mit ihm darüber zu reden. „Wir sind sehr gut aufgestellt. Du musst dir keine Gedanken machen." Jetzt hatte sie sich wieder beruhigt und genoss den Abend mit Max. Beim Abschied durfte er sie auch auf die Wangen küssen.

Carolin kam am nächsten Morgen beschwingt ins Büro. Anne lächelte sie an und sagte „Achtung! Max ist in Ihrem Büro!" Dabei zwinkerte sie ihr unmissverständlich zu. Max stand am Fenster. „Guten Morgen Max, gut geschlafen?" Er drehte sich um und kam lächelnd auf sie zu. „Guten Morgen schöne Frau, danke ich habe sehr gut geschlafen." Dann überreichte er ihr einen wunderschönen Blumenstrauß. Es waren Rosen in Rosa, Pink und Rot. Carolins Lieblingsfarben. Woher er das wohl wusste? Sie nahm ihm den Blumenstrauß ab und wollte ihn auf die Wange küssen. Er drehte sich so geschickt um, dass ihr Kuss auf seinem Mund landete. Dann hielt er sie einen Moment fest und küsste sie innig. Carolin war zwar etwas überrumpelt, aber sie genoss diesen langen Kuss. „Vorsicht. Daran könnte ich mich gewöhnen." Sie lachte ihn an und brachte die Blumen zu Anne, die eine Vase dafür suchte. „Max, das war eine schöne Überraschung. Aber ich möchte berufliches nicht mit privatem verbinden. Bitte sei nicht böse. Wir können zusammen Mittag essen gehen oder den Abend miteinander verbringen, aber im Büro möchte ich es beim sehnsuchtsvollen Blick belassen." Dann küsste ihn noch einmal auf den Mund. „Das musste noch mal sein." Max war ein bisschen gekränkt aber er stimmte ihr zu. „Du hast Recht, das macht sich nicht gut wenn die Chefs im Büro miteinander knutschen." Das Wort Chef fand Carolin nicht angebracht. Max war erst seit zehn Tagen hier und sie wusste nicht, ob sie, wenn sich das so weiter entwickelte, wollte, dass sie zusammen arbeiteten. Darüber musste sie noch einmal gründlich nachdenken und Pauls Meinung holen. Paul. Ihr Herz war voller Mitgefühl für ihn. Er war so ein toller Mann. Warum hat das Marion nicht gesehen. Da fiel ihr wieder ein, dass Paul seine Fälle an Max übergeben hatte. „Max, hat Paul dir seine Akten übergeben und dich eingearbeitet?" Max nickte. „Ja, sehr interessante Fälle. Ich denke ich bin Ende der Woche durch und kann mich dann um eine Neukunden-Werbung kümmern. Wenn ich hier bleibe, und davon gehe ich aus, brauchen wir mehr Kunden, damit jeder von uns genug verdient." Carolin bekam wieder dieses komische Gefühl wenn Max so etwas sagte. Dann küsste er sie noch einmal schnell und wünschte ihr einen schönen Vormittag.

Anne kam mit den Blumen und lächelte verschmitzt. „Sieh an, Sie haben sich also den tollen Hecht geangelt? Gut gemacht. Sonst hätte sich noch Hellen an ihn rangemacht." Carolin lächelte auch „Es hat sich einfach so ergeben." Anne nickte und ging wieder an die Arbeit. Zu einem Mittagessen hatten weder Carolin noch Max Zeit und so verabredeten sie sich zum Abendessen. Er holte sie im Büro ab und sie gingen Hand in Hand zum Italiener. Nach einem ausgiebigen Abendessen mit viel Wein wollte Max wissen „Darf ich dich nach Hause bringen?" Carolin nickte selig und so schlenderten sie den kurzen Weg zu ihrer Wohnung. Sie wohnte in einem schönen Gebäudekomplex in der Nähe. Ihre Penthouse Wohnung mit großer Dachterrasse war wirklich eine Augenweite. Als sie die Wohnungstür öffnete entfuhr es Max „Wow, das ist ja mal eine Aussicht." Sie führte ihn durch die großzügige Wohnung und zeigte ihm die Dachterrasse. Max war begeistert. Er folgte ihr in die Küche wo sie gerade eine Flasche Wein öffnen wollte. Er trat hinter sie und liebkoste ihren Nacken. Dann nahm er sie auf den Arm und trug sie in ihr Schlafzimmer.

Carolin hätte morgens schwören können, noch niemals so gut geschlafen zu haben. Es war schön neben Max aufzuwachen. Sie machte Frühstück und weckte ihn mit einer dampfenden Tasse Kaffee in der Hand. Er öffnete die Augen und lächelte sofort. „Guten Morgen meine Schöne." Bevor er ihr den Kaffee abnahm küsste er sie zuerst. „Der Kaffee ist sehr gut. Wie alles hier." Da war es wieder. Dieses komische Gefühl. Nach dem Frühstück stand Max auf und verabschiedete sich „Ich fahre kurz nach Hause und mache mich frisch. Bis später." Als sie duschte lächelte sie. Es war schön mit einem Mann zusammen aufzuwachen und zu frühstücken. Wie wohl seine Wohnung aussah? Sie war gespannt ob er modern oder konservativ eingerichtet war.

Im Büro hielt sich Max an die Vereinbarung, schrieb ihr aber über den Tag verteilt verliebte E-Mails. Carolin musste sich eingestehen, dass sie auch verliebt war. So war es nicht verwunderlich, dass sie die Nacht wieder zusammen verbrachten. Beim Frühstück neckte Carolin „Du solltest heute Morgen früher fahren und deine Wohnung aufräumen. Vielleicht bekommst du heute Damenbesuch?" Max küsste sie und schüttelte den Kopf. „Das ist keine gute Idee. Meine Wohnung ist so klein wie dein Wohnzimmer. Du würdest dich nicht wohlfühlen." Aber Carolin war anderer Meinung. „Mir ist es egal wie und wo du wohnst. Das ist die Wohnung meiner Eltern. Seit meine Mutter in Florida lebt, darf ich sie benutzen." Sie wusste nicht warum sie ihn anlog. Vermutlich wollte sie nicht, dass er Komplexe bekam. „Da bin ich beruhigt. Ich dachte schon, dass man als Partner bei Schenker so viel verdient um sich so etwas leisten zu können." Carolin winkte ab. „Alle Mitarbeiter bei Schenker verdienen überdurchschnittlich gut. Auch die Sekretärinnen." Max nickte. „Und dadurch sind die Mädels sehr selbstbewusst." Er stöhnte „Tja, Hellen meint, sie müsste mich bei meiner Arbeit unterstützen und mir sagen wie ich einen Fall lösen sollte. Ich habe sogar das Gefühl, sie kontrolliert mich." Carolin nickte „Das ist doch gut. Wir möchten von allen unseren Angestellten, dass sie selbständig arbeiten und ihre Ideen mit den anderen teilen. So gesehen möchte sie dir nur helfen." Aber Max war anderer Meinung. „Sie mischt sich richtig ein. Als ich ihr im Fall „Berger" einen Brief diktierte, wollte sie mit mir über meine Entscheidung diskutieren. Ich finde, das geht zu weit. Eine Sekretärin hat das zu tun was man ihr sagt." Max war ein bisschen laut geworden. „Wie war denn deine Entscheidung?" Max sah sie lange an bevor er etwas sagte „Wenn du mir nicht vertraust, dann bin ich in der Firma und bei dir falsch." Carolin dachte, dass er ja Recht hatte und entschuldigte sich dafür. Dann fuhr Max wieder zum Duschen nach Hause.

Als Carolin im Büro ankam standen Hellen und Anne am Empfang. „Guten Morgen Carolin, darf ich Sie einen Moment sprechen?" Es war Hellen, die diese Frage stellte. Carolin bat sie in ihr Büro und forderte sie auf zu sprechen. „Ich wollte mit Ihnen über den Fall „Berger" sprechen. Paul war kurz vor dem Abschluss und es sah danach aus, dass wir den Schaden bezahlen würden. Sie wissen, dass wir gut zusammen arbeiten. Aber Max hat nun anders entschieden und obwohl ich ihn darauf ansprach, soll ich das Ablehnungsschreiben absenden." Carolin war in einer Zwickmühle. Wenn sie sich die Akte selbst ansah, wäre das ein Vertrauensbruch Max gegenüber. Da hatte sie eine Idee. „Hellen, da ich mich mit diesem Fall nicht auskenne rufe ich Paul an. Wenn Paul der gleichen Überzeugung ist wie Sie, werde ich mit Max sprechen. Machen Sie den Brief fertig und geben ihn Anne." Hellen war sichtlich erleichtert. Carolin rief umgehend Paul an. Er hörte sich verschlafen an und sie hatte gleich ein schlechtes Gewissen. Nur weil sie zu feige war dies mit Max zu besprechen, riss sie Paul aus dem Schlaf. „Hallo Paul, ich wollte wissen wie es dir geht? Entschuldige bitte, ich hatte nicht auf die Uhr gesehen." Paul war nun schon wach und sagte ihr, dass er einen Kater hatte. Aber es ging ihm recht gut. Dann sprach Carolin den Fall Berger an. Paul meinte „Das war wirklich eine schwierige Entscheidung. Es könnte so gewesen sein, wie der Geschädigte sagt. Es könnte aber auch anders gewesen sein. Leider gibt es keine Zeugen. Also ich hätte wahrscheinlich für den Kunden gestimmt weil wir das meistens tun. Aber wenn Max anders entschieden hat, ist das auch in Ordnung. Wirklich." Carolin war erleichtert das zu hören. Sie wünschte Paul noch einen schönen Tag und rief nach Anne. „Anne, wenn Hellen den

Brief bringt, gib ihn gleich in die Post. Paul meint es ist in Ordnung."

Die Woche verging wie im Flug und als Paul am Montagmorgen in der Tür stand war sie erstaunt wie gut er aussah. Sie dachte, er würde sich jeden Abend betrinken und ein Häufchen Elend sein. Aber hier stand ein strahlender Paul. „Guten Morgen, du siehst gut aus. Erholt." Paul begrüßte sie herzlich. „Mir geht es auch wirklich wieder gut. Die Woche hat mir gut getan. Ich habe mit Marion alles geklärt, habe viel Sport gemacht und mich wirklich ausgeruht. Und! Unsere Wohnung einem Makler übergeben, der mir eine kleinere Wohnung hier in der Nähe gezeigt hat. Ich werde nächste Woche umziehen. Dann kann ich morgens zu Fuß ins Büro kommen." Carolin freute sich für Paul. „Das sind ja wunderbare Neuigkeiten. Da können wir beim Italiener richtig viel Wein trinken und dann nach Hause torkeln." Paul meinte „Gute Idee. Darf ich dich heute Abend zum Essen einladen. Ich habe dir vieles zu erzählen." Carolin freute sich. „Sehr gerne." Bevor er ging wollte er noch wissen wie Max sich geschlagen hatte. Carolin forderte ihn auf sich zu setzen. „Paul, bevor du es von anderen erfährst. Max und ich sind ein Paar." Paul reagierte nicht gleich. „Wir sind zusammen!" Jetzt verstand Paul. „Das glaube ich nicht. Da bin ich mal eine Woche nicht da und dann hast du dir meinen Freund geangelt. Deshalb kam er die ganze Zeit nicht mehr zum Sport. Wir können ihn natürlich mitnehmen zum Italiener." Carolin schüttelte den Kopf. „So war das nicht gemeint. Ich möchte mit dir alleine essen. Auch weil ich mit dir über Helen reden muss." Paul stutzte „Über Helen?" Carolin wusste nicht wie sie es sagen sollte. „Max meint, Helen würde ihn kontrollieren und ihn nicht unterstützen. Wie ist deine Meinung dazu? Du kennst Helen schon sehr lange und obwohl ich mit Max zusammen bin, heißt das nicht, dass ich keine eigene Meinung habe." Paul schüttelte den Kopf. „Ich fand Helen immer sehr loyal, fleißig, zuvorkommend und freundlich. Vielleicht missversteht Max sie einfach. Ich werden das beobachten." Carolin war froh, dass Paul wieder da war.

Mit einer Tasse Kaffee in der Hand betrat Carolin Max Büro. Er winkte sie herein obwohl er gerade telefonierte. Sie setzte sich und schaute sich um. Das war ein schönes Büro, aber die Möbel könnte man wirklich erneuern. Max hatte sie darum gebeten und sie wollte zustimmen. Als sie ihn so betrachtete, fiel ihr auf, dass er sehr aggressiv war am Telefon. Als er geendet hatte strahlte er sie an. „Meine Schöne bringt mir eine Tasse Kaffee. Das ist ja wunderbar." Er nahm ihr die Tasse ab und trank gleich einen Schluck. „Etwas Unangenehmes?" Als Max nicht verstand, zeigte sie auf das Telefon. „Du warst gerade so erbost." Max nickte „Das war ein Kunde, dem wir eine Schadensauszahlung verweigert haben. Er will einfach nicht verstehen, dass seine Versicherungspolice für seinen derzeitigen Schaden keine Erstattung vorsieht. Was er nicht versichert hat, kann auch nicht erstattet werden." Carolin meinte „Du hättest ihm doch eine Erweiterung anbieten können? Vielleicht wäre das Problem dann gelöst gewesen." Max stellte die Tasse ab. „Carolin, ich mache meine Arbeit wie ich es für richtig halte. Paul hätte mich nicht angeworben wenn ich nicht gut wäre." Jetzt war er wieder gekränkt. Carolin wechselte einfach das Thema. „Gut, dass du Paul erwähnst. Er ist ja wieder da und möchte heute Abend mit mir essen gehen. Das ist doch in Ordnung für dich? Er wollte mir von Marion erzählen." Max verstand nicht ganz. „Hast du ihm erzählt, dass wir zusammen sind?" Carolin lachte. „Natürlich. Warum?" Er meinte „Dann hätte er mich auch einladen können. Ich gehöre ja bald auch zu den Partnern, oder?" Carolin wusste nicht gleich was sie darauf sagen sollte. Meinte er, er wird automatisch zum Partner weil er mit ihr zusammen war? Sie wurde etwas ungehalten und sagte „Beim Abendessen treffen sich nicht zwei Partner, sondern zwei Freunde. Tut mir leid, aber ich habe Paul schon zugesagt." Jetzt stand sie auf und streichelte Max über das Haar. „Ich halte mich gerne morgen Abend wieder für dich frei." Ohne eine Antwort abzuwarten küsste sie ihn schnell auf den Mund und ging.

Max hingegen war sauer. Er hatte sich an Carolins Wohnung gewöhnt und wollte den Abend nicht in seinem Appartement verbringen. Es war klein und er hatte es möbliert gemietet. Die meisten Abende verbrachte er sowieso in einem Restaurant oder bei einer Frau in ihrer Wohnung. Das Appartement brauchte er nur zum schlafen. Deshalb ging er in Pauls Büro und fragte ganz direkt „Hallo Paul, ich habe gehört, dass du mein Mädchen heute Abend zum Essen eingeladen hast. Ich habe auch nichts vor und würde mich gerne anschließen." Paul war sehr erstaunt über Max. War er eifersüchtig? „Du kannst ganz ruhig bleiben, wir sind nur Freunde. Aber wenn du unbedingt mitkommen möchtest? Klar." Paul schrieb schnell eine Mail an Carolin und informierte sie über den „Zuwachs" am Abend. Carolin las die Nachricht zweimal. Was dachte sich Max eigentlich? Wie konnte er einfach zu Paul gehen und sich zum Abendessen einladen? Sie war nicht sein Eigentum. Ohne lange zu überlegen sagte sie Paul ab. Sie schrieb, dass sie heute schon mit ihrer Freundin verabredet war, dies leider völlig vergessen hatte und wünschte den beiden Männern einen schönen Abend. Sie schaute auf ihre Uhr. Es war erst kurz nach 16:00Uhr. Ganz gegen ihre Gewohnheit machte sie Feierabend. Anne konnte nicht glauben, dass Carolin um diese Zeit schon nach Hause ging. Sie dachte, dass da wohl ein besonderer Abend bevorstand. Aber Carolin lief erst einmal ziellos durch die Straßen. Sie ärgerte sich über sich selbst. Was hatte Opa gesagt „fang nichts mit Mitarbeiter an, das bringt nur Ärger". Recht hatte er. Ihr Handy klingelte dauernd. Erst war es Paul und dann Max, nachdem sie erfahren hatten, dass sie schon gegangen war. Sie entschied sich zu ihrem Friseur zu gehen. Franko wusste immer einen Rat und vielleicht hatte er Zeit für ihre Haare.

Sie bekam bei Franko neue Strähnen und die Spitzen geschnitten. Er bemutterte sie mit Kaffee und Kuchen und mit vielen Tipps. „Du musst diesen Max zurechtweisen. So darf niemand mit dir umgehen. Verstehst du? Er hat keinen Respekt wenn er so etwas tut. Und Paul? Ist er ein Mann oder eine Memme?" Franko verstand Carolin sehr gut. Sie kannten sich schon, seit Carolin bei Schenker angefangen hatte. Damals hatte sie diesen Friseurladen entdeckt und war seitdem eine gute Kundin und Freundin geworden. Wenn Carolin Kummer hatte, ging sie zu Franko. Er war ein paar Jahre älter als Carolin und erzählte ihr auch immer von seinen wechselnden Beziehungen. Momentan hatte er einen brasilianischen Kellner im Bett. Franko war glücklich. „Hör mal meine Schöne, ich sage Ricardo ab und wir gehen zusammen essen. Wie wäre das?" Carolin war schon wieder ausgeglichen und wollte nicht stören. „Danke Franko, ich bin schon wieder ausgeglichen. Ein Abend alleine zu Hause tut mir auch mal gut. Ich lese ein Buch und genieße ein Glas Wein auf meiner Terrasse." Sie bezahlte und kaufte sich auf dem Weg nach Hause ein paar Köstlichkeiten sowie eine Flasche Champagner.

Das wiederholte Klingeln ihres Handys ignorierte sie. Zu Hause angekommen aß sie den Lachs und trank ein Glas Champagner dazu. Es ging ihr einfach gut und sie bemerkte, dass sie es brauchte alleine zu sein. Ihr wurde klar, dass sie Max zwar sehr mochte, aber sie wäre gerne heute Abend mit Paul alleine gewesen. Darüber musste sie nachdenken. Plötzlich klingelte es an der Tür. Auf dem Display sah sie Max. Widerwillig öffnete sie die Tür.

„Wieso gehst du nicht an dein Handy? Und was sollte das heute Abend?" Carolin blieb an der Tür stehen und bat ihn nicht herein. „Max, ich wollte den Abend mit Paul verbringen. Dass du dich einfach eingeladen hast, finde ich sehr merkwürdig. Ich denke, wenn du kein Vertrauen zu mir hast, hat das mit uns keine Zukunft. Ich bin eine selbständige Frau und möchte entscheiden mit wem ich den Abend verbringe." Max war schon wieder gekränkt. Er drehte sich wortlos um und ging. Carolin wollte etwas sagen, aber sie wusste tatsächlich nicht, was. Sie hatte genau das gesagt, was sie dachte. Punkt.

Am anderen Morgen überlegte Carolin, die trotzdem gut geschlafen hatte, wie sie Max jetzt begegnen sollte? Waren sie noch zusammen oder war Max so gekränkt, dass er sich zurückzog? Das sind genau die Situationen, die sie hasste. Genau deshalb hatte sie keinen Mann. Gerade wollte sie unter die Dusche als es an der Tür klingelte. Nicht schon wieder! Sie war noch nicht bereit für ein Gespräch mit Max. Aber auf dem Display war Paul zu sehen. „Guten Morgen Paul, was machst du denn so früh hier?" Paul hatte Brötchen mitgebracht. „Ich wollte mich entschuldigen, dass ich ein Loser bin. Sag nichts. Du hast gedacht, ich würde Max eine freundliche Abfuhr erteilen und warst sauer, dass ich es nicht getan habe. Ich habe mich über mich selbst geärgert." Da lachte Carolin wieder und umarmte ihn. „Ich geh kurz unter die Dusche. Du kennst dich ja hier aus. Wollen wir draußen frühstücken?" Paul fand die Idee gut und deckte den Tisch auf der Terrasse.

Carolin fühlte sich wohl in Pauls Gegenward. Sie entspannte sich und erzählte ihm von Max Auftritt letzte Nacht. Paul meinte dazu „Nun, er hat ein großes Ego. Aber eigentlich ist er ein netter Kerl. Er wird sich wieder fangen." Nach dem Frühstück schlenderten sie zu Schenker. Anne gab Carolin ein Zeichen als sie am Empfang ankamen. Das hatte wohl zu bedeuten, dass Max in ihrem Büro auf sie wartete. Sie wappnete sich und ging entschlossen rein. „Hallo, guten Morgen Max." Max drehte den Kopf weg als sie ihn küssen wollte. „Wir müssen reden! Kannst du dir vorstellen wie es mir geht? Du hast mich gestern Abend weggeschickt wie einen Hund." Carolin setzte sich „Max, es tut mir leid wenn ich dich gekränkt habe. Dennoch hatte ich gerade gestern den Eindruck, dass du meine Entscheidung, alleine essen zu gehen, nicht respektierst. Vertrauen und Respekt ist mir sehr wichtig. Ich lebe schon so lange allein und bin gerade dabei dir Platz in meinem Leben zu geben. Gib mir Zeit und Raum. Lass das, was zwischen uns ist, sich entwickeln." Jetzt war Max wieder versöhnt und kam auf Carolin zu. „Du hast Recht. Ich habe meine Freunde in den letzten Wochen auch vernachlässigt und Sport müsste ich auch wieder mal machen. Es wird sich einspielen." Er nahm Carolin zärtlich in den Arm und küsste sie innig. „Hast du heute schon etwas vor?" Max gab nicht auf. Carolin lächelte „Nein, aber die Verabredung mit Paul hole ich nach. Okay?" Max gab ihr einen Nasenstüber und ging in sein Büro.

Gegen Feierabend kam Max ins Büro gestürmt. „Ich habe gerade erfahren, dass du heute Morgen mit Paul gefrühstückt hast? Was soll das?" Carolin seufzte. Warum musste Paul ihm das auch erzählen. „Er ist vorbei gekommen weil er sich Sorgen machte. Wir frühstücken oft zusammen. Paul ist mein bester Freund, seit fast zehn Jahren." Max fragte „Ist darüber seine Ehe zerbrochen?" Carolin bekam langsam Kopfschmerzen, so wütend wurde sie. „Nein, die Ehe ist zerbrochen weil Marion unbedingt ein Kind wollte und Paul nicht. Es ist eine lange Geschichte. Max, wollen wir jetzt essen gehen oder nicht?" Max schüttelte den Kopf und sagte einfach „Nein!" und ging. Carolin seufzte. Was sollte sie mit so einem Mann anfangen? Der wegen jeder Kleinigkeit gekränkt war. So eine Beziehung wollte sie nicht. Carolin schloss ihr Büro ab und schlenderte traurig nach Hause. Schade, morgen würde sie Max sagen, dass es besser wäre sich zu trennen.

Die Blumen einer Straßenverkäuferin lachten sie an und sie ging zielstrebig auf sie zu. Plötzlich krachte es fürchterlich. Carolin hatte keine Zeit sich umzudrehen, der LKW erfasste sie frontal.

Carolin wurde durch die Luft geschleudert und landete mit ihrem Rücken auf dem harten Beton. Sie spürte noch den schrecklichen Schmerz, dann wurde sie ohnmächtig. Die Blumenverkäuferin war tot. Das erfuhr sie einen Tag später, nachdem sie aus der Narkose erwachte. Sie wurde sofort operiert und bekam Schmerzmittel, die sie dämmern ließen. Als sie die Augen öffnete, sah sie Paul. Er sprach leise zu ihr „Hallo, du bist im Krankenhaus. Ein LKW hat dich überfahren. Der Fahrer hatte einen Herzinfarkt bekommen. Es war also keine Absicht." Carolin nickte. Dann sprach er weiter. „Ich habe deine Mutter verständigt. Sie kommt heute Abend." Paul nahm Carolins Hand. „Du bist schwer verletzt weißt du." Paul liefen Tränen über die Wange. Er sprach sanft weiter „Dein Rückenmark wurde verletzt. Es besteht der Verdacht, dass du…..dass du deine Beine nicht mehr spürst." Er konnte das Wort querschnittsgelähmt nicht aussprechen. Carolin verstand und versuchte ihre Beine zu bewegen. Aber es gelang ihr nicht. Sie spürte nichts. Nichts! Eine Panik machte sich in ihre Brust breit. Nicht mehr laufen? Oh Gott, das darf doch nicht wahr sein! Sie versuchte zu sprechen. „Besteht kein Zweifel? Ich meine, gibt es Hoffnung auf Heilung?" Paul schüttelte den Kopf. „Ich weiß es nicht. Warte, ich hole den Arzt, er kann dir das besser erklären." Bevor er aufstand hielt sie ihn fest und fragte „Wo ist Max?" Paul nahm ihre Hand „Er war vor mir da. Als der Arzt uns die Diagnose mitteilte, ist er gegangen. Ich glaube, er muss das erst verdauen." Sie nickte. Paul kam mit einem Arzt zurück. Dieser erklärte ihr, dass sie, bevor sie auf dem Asphalt aufschlug zuerst an eine Laterne geschleudert wurde. Hier hatte sie sich eine Quetschung an der Wirbelsäule zugezogen. Sie hätten die Quetschung zwar entfernt und die Wirbelsäule mit kleinen Drähten stabilisiert. Aber sie habe keine Reflexe in den Beinen. Er könne ihr leider keine Hoffnung machen, dass sie ganz genesen wird. Sobald die Brüche am linken Arm und am linken Bein geheilt wären, sollte sie in eine Reha-Klinik verlegt werden um auf ein Leben im Rollstuhl vorbereitet zu werden. Carolin hatte dem Arzt genau zugehört, aber glauben konnte sie das nicht. Als sie wieder alleine waren meinte Carolin „Ich kann es nicht glauben. Wie konnte so etwas passieren? Warum ausgerechnet mir?" Dann weinte sie bitterlich.

Paul versuchte sie zu trösten. „Natürlich ist das ein Schock für dich. Aber du lebst! Schau, das Büro kann man mit einem Rollstuhl erreichen, deine Wohnung ist Barriere frei und der Weg von deiner Wohnung zum Büro ist auch überschaubar. Du kannst dein Leben fast genauso weiterführen wie vorher." Carolin schaute ihn an und schüttelte den Kopf. „Es wird nie wieder so sein wie vorher." Paul gab sich noch nicht geschlagen. „Du bist doch ein Fan von den Paralymphischen Wettkämpfen. Da hast du oft gesehen zu was man noch fähig ist im Rollstuhl. Bitte Carolin, ich brauche dich im Büro und in meinem Leben. Du bist mein bester Freund." Jetzt konnte Carolin sogar etwas lächeln. „Ach Paul, wenn ich dich nicht hätte." Nachdem Paul gegangen war konnte Carolin endlich richtig weinen. Der Weinkrampf schüttelte sie regelrecht. Sie weinte um ihre Beine, um ihr bisheriges Leben und um die Liebe zu Max. Max war es wichtig wie er aussah, was andere Menschen von ihm dachten und mit wem er sich sehen lies. Warum suchte sie sich immer die falschen Männer aus? Von dem Weinen war sie so müde geworden, dass sie einschlief.

Am Abend wurde sie durch ein Geräusch geweckt. Als sie die Augen aufschlug sah sie ihre Mutter. „Mama!" Mehr konnte sie nicht sagen. Dann lagen sich Mutter und Tochter in den Armen und weinten. „Ach Carolin, es tut mir so leid, dass ich nicht schneller kommen konnte. Mein armes Kind." Sie küsste sie immer wieder. „Ich bin so froh, dass du lebst. Natürlich ist es furchtbar, dass du nicht mehr laufen wirst, aber du lebst. Du bist eine Kämpferin, du wirst sehr gut mit einem Rollstuhl zurechtkommen. Das weiß ich." Nachdem Carolin sich beruhigt hatte sprach sie leise „Ich bin auch froh, dass ich noch lebe. Aber es macht mir eine Heidenangst was jetzt auf mich zukommt. Verstehst du das?" Plötzlich klopfte es. Max kam herein. Er schaute Carolin an und die Frau an ihrem Bett. „Entschuldigung ich wollte nicht stören." Carolin zeigte auf ihre Mutter „Das ist meine Mutter Gerda. Das ist Max." Gerda und Max gaben sich die Hand. „Schatz, ich bin direkt vom Flughafen hierher gefahren. Jetzt gehe ich schnell ins Hotel und mache mich frisch. In einer Stunde bin ich wieder da." Gerda spürte, dass sie sich zurückziehen sollte. Max setzte sich zu Carolin und hielt ihre Hand. „Es tut mir so leid was mit dir passiert ist." Sein schönes Gesicht war ehrlich erschüttert. „Paul hat erzählt, dass du wach geworden bist. Ich war die ganze Nacht hier und hatte einige längere Meetings im Büro, deshalb komme ich erst jetzt." Carolin nickte. Das passte zu Max. Ihr war klar, dass sie ihn erlösen musste. „Danke, dass du da warst. Du hast gehört, dass ich wahrscheinlich nicht mehr laufen kann?" Max nickte und schluckte schwer. Er konnte ihr nicht in die Augen schauen. Sie sprach tapfer weiter „Es wird eine Weile dauern bis ich wieder fit bin, aber es wird nicht mehr so sein wie vorher. Ich bin nun auf einen Rollstuhl angewiesen und weiß noch nicht wie das Leben damit sein wird." Sie sprach langsam und machte Pausen, damit sie nicht weinen musste. „Wir sind noch nicht so lange zusammen. Ich weiß nicht, ob unsere Zuneigung dieses Schicksal aushält." Max nickte. „Du bist frei Max. Wenn du mich besuchen möchtest, dann freue ich mich natürlich. Aber ich würde verstehen, wenn dir das mit mir zu viel ist." Max räusperte sich. „Carolin, du bist eine tolle Frau. Wir hatten die letzten zwei Wochen viel Spaß miteinander. Bitte versteh mich nicht falsch aber ich kann mir ein Leben mit dir,….jetzt mit der Behinderung,….einfach nicht vorstellen. Es tut mir so leid. Für dich, dass du jetzt mit Rollstuhl leben musst und …." Sie ließ ihn nicht ausreden und zog ihre Hand weg. „Ich verstehe dich, wirklich. Du brauchst dir keine Gedanken zu machen. Danke für deine Offenheit." Max nickte und stand auf. „Ich wollte dir noch vorschlagen deine Arbeit zu übernehmen, bis du wieder da bist. Du musst nur Anne Bescheid geben." Carolin dachte sich verhört zu haben. Hatte er keine anderen Gedanken als ihren Job zu übernehmen? Mit fester Stimme entschied sie. „Das werde ich mit Paul besprechen. Auf Wiedersehen Max."

Die Antwort gefiel ihm nicht aber er ging. Als ihre Mutter später kam, fand sie Carolin völlig aufgelöst vor. Erst stockend und dann immer flüssiger erzählte sie ihrer Mutter von Max. Als sie geendet hatte, waren viele Tränen geflossen. Sie hatte von Anfang an geahnt wie Max tickte. Es hatte sich aber so gut angefühlt von so einem gutaussehenden Mann hofiert zu werden. Gerda ging das Herz über vor Mitgefühl. „Eine Trennung schmerzt auch wenn man weiß, dass es richtig ist. Du bist etwas ganz Besonderes. Er hat dich nicht verdient." Carolin liebte ihre Mutter für die tröstenden Worte. Gegen 20:00 Uhr verabschiedete sich Gerda, sie war müde. Um 20:30 Uhr stellte sich die Nachtschwester vor und fragte ob sie noch etwas brauche. Carolin war müde und enttäuscht, deshalb wollte sie gerne eine Schlaftablette. Kaum hatte sie die Tablette genommen bekam sie noch Besuch. Paul stand plötzlich im Zimmer. „Entschuldigung, ich wollte noch einmal nach dir sehen." Carolin freute sich und winkte Paul heran. Dann erzählte sie ihm von der Trennung und dass Max ihre Arbeit übernehmen wollte. „Paul, ich möchte nicht, dass Max meine Arbeit übernimmt. Er ist doch jetzt in deine Arbeit eingearbeitet. Bitte übernimm du meine sensiblen Akten. Ja?" Paul versprach ihr, das zu tun. Er wollte wissen wie es weitergeht und ob er etwas für Carolin tun konnte. „Nein, danke. Meine Mutter ist ja jetzt da und versorgt mich. Aber ich würde mich freuen wenn du mich ab und zu besuchst und mich über meine Fälle informierst." Dann erzählte er von seiner neuen

Wohnung, die er am nächsten Wochenende beziehen würde. Doch da wirkte schon die Tablette und Carolin schlief ein. Paul ging traurig nach Hause.

Max war persönlich gekränkt, als Paul ihm Carolins Entscheidung mitteilte. Er war sichtlich wütend. Paul ließ sich dadurch nicht aus der Ruhe bringen und informierte Anne. Beim Mittagessen wollte Max wissen ob die Holding über Carolins Unfall Bescheid wusste. Paul bejahte die Frage. „Wie geht es mit Carolin weiter?" Paul verstand nicht. „Ich meine, wenn sie länger ausfällt und so. Vielleicht kann sie nicht mehr den ganzen Tag arbeiten. Mir kam der Gedanke, dass ich rüber fliege nach Amerika und stelle mich persönlich bei der Holding vor. Für die Versicherung wäre ich doch der ideale Partner." Paul wurde es schlecht. „Max bei allem Respekt. Carolin liegt seit zwei Tagen in der Klinik. Anstatt sie zu unterstützen, willst du ihren Job? Was bist du für ein Mensch? Ob du Partner wirst oder nicht entscheidet nicht die Holding sondern Carolin und ich." Damit stand er auf und ließ Max sitzen. Am Nachmittag kam Max in Pauls Büro. „Ich möchte mich entschuldigen. Es war die falsche Wortwahl und der falsche Zeitpunkt. Die Arbeit hier macht mir viel Spaß und ich wollte nur helfen. Okay?" Paul nickte zwar, aber er war immer noch verstimmt. „Ist gut Max." Als Paul sonst nichts mehr sagte ging Max wieder in sein Büro zurück. An diesem Abend arbeitete er länger als alle anderen. Seit Carolins Unfall hatte er einen eigenen Schlüssel bekommen und konnte ungehindert in alle Büros. Er ging in Carolins Büro und suchte ihren Partnervertrag. Er fand alle Unterlagen über die fast 80 Mitarbeiter. Nur Pauls und Carolins Partnervertrag nicht. Nirgends eine Adresse von der Holding. Als er den Safe sah, versuchte er sich zu erinnern wie Carolin ihn öffnete. Genau, es war ihr Geburtsdatum. Aber auch im Safe gab es keine Unterlagen dieser Holding. Jetzt wo Carolin länger ausfallen würde, hätte er die Gelegenheit der Holding zu zeigen, was er kann. Er sah Carolins Penthouse mit dieser riesigen Dachterrasse vor sich. Natürlich hatte er nicht geglaubt, dass die Wohnung ihren Eltern gehörte. Als Partner verdiente man bei Versicherungen mehrere Hundert Tausend Euro im Jahr und da wollte er hin.

Am nächsten Tag kam ihm die Idee. Er musste es über Helen versuchen. So viel er wusste, hatte sie keinen Freund. Also würde er aufmerksam und freundlich zu ihr sein. Vielleicht wusste sie die Adresse von der Holding. Helen wunderte sich über Max Freundlichkeit. Er brachte ihr am Nachmittag sogar eine Tasse Kaffee. „Danke Max, das ist aber aufmerksam. Kann ich etwas für Sie tun?" Max lächelte zurück. „Ach Helen, ich möchte die Kalkulation hier direkt an die Holding nach Amerika senden. Können Sie mir die Mailadresse geben?" Helen wurde misstrauisch. „Tut mir leid, ich habe keine Adresse. Mit unserer Holding hat nur Carolin Kontakt. Fragen Sie doch Paul, der müsste es wissen." Max war daraufhin wieder zurückhaltend. Er versuchte es bei Anne. Er ging zielstrebig auf Carolins Büro zu und sagte „Hallo Anne, Carolin hat mich gebeten ein paar Mails zu checken. Wie war das Codewort wieder?" Anne schüttelte den Kopf. „Tut mir leid. Ich darf nur jemand in Carolins Büro lassen, wenn ich darüber von Carolin selbst oder von Paul die Erlaubnis habe." Max war enttäuscht. Also musste er doch an Paul hängen bleiben. Er wollte unbedingt Partner werden und denen in Amerika zeigen was man aus diesem verstaubten Laden machen könnte. Man sollte den Laden umstrukturieren. Für alle wäre dann viel mehr Geld drin. Er war von dieser Idee beschwingt. Kurz vor Feierabend schaute er bei Paul vorbei. „Hallo Paul, wollen wir etwas essen gehen?" Paul winkte ab. „Nein, danke. Erst schaue ich bei Carolin vorbei und dann packe ich noch die restlichen Sachen ein. Ich ziehe doch am Wochenende um." Max bot an „Ich könnte dir beim Umzug helfen?" Paul war überrascht. „Danke, aber das macht die Umzugsfirma selbst. Da alles versichert ist, dürfen auch nur die Mitarbeiter der Firma helfen. Ich bin nur der Dirigent. Aber Sonntagabend hätte ich Zeit." Max war froh keine Kisten schleppen zu müssen und lud ihn für Sonntagabend in ein neues Nobelrestaurant ein.

Paul schaute seit vier Wochen jeden Abend bei Carolin vorbei. Er erzählte ihr von ihren Fällen und sie waren immer gleicher Meinung, wie darüber entschieden werden sollte. Paul erwähnte Max mit keiner Silbe und Carolin fragte auch nicht nach ihm. Sie bekam für ihren Arm schon Physiotherapie. Er musste stark sein um sie für den Rollstuhl vorzubereiten. „Meine Mutter fliegt morgen wieder nach

Hause. Sie hat mir alles für die Reha gepackt. Übermorgen geht es los. Nach Bad Wildungen." Paul verstand. Die abendlichen Besuche bei Carolin würden ihm fehlen. „Wer kümmert sich um deine Wohnung und die Post?" Daran hatte Carolin schon gedacht. „Das macht meine Putz-Fee. Sie hat einen Schlüssel und ich kann mich hundertprozentig auf sie verlassen. Meine Wäsche wird in der Reha gewaschen und meine Arbeit machst ja du." Plötzlich wirkte Carolin traurig. „Ich werde nicht mehr gebraucht." Paul erschrak über ihre Gedanken. „Was redest du denn da! Wir schaffen das nur weil Anne Überstunden macht. Und weil wir momentan kleinere Fälle haben. So genau wie du das machst, kann ich es nicht. Dafür habe ich keine Zeit. Ich muss Max auf die Finger sehen." Paul wollte sie nicht beunruhigen, das war ihm einfach herausgerutscht. „Was ist mit Max?" wollte Carolin wissen. Paul erzählte ihr, dass er immer öfter mit Max über dessen Entscheidungen streitet. Max will unbedingt Gewinnmaximierung. Er will Partner werden. „Wenn du wieder zurück bist, werde ich ihm, mit deiner Erlaubnis, kündigen. Er passt nicht zu uns. Ich habe mich in ihm sehr getäuscht." Carolin tröstet Paul. „Ich habe mich auch in ihm getäuscht. Obwohl, das stimmt nicht ganz. Von Anfang an hatte ich ein komisches Gefühl. Weißt du, ich habe sogar unsere Partner-Verträge und alles was mit der Holding zu tun hat, mit nach Hause genommen." Paul war erstaunt. „Und trotzdem hast du etwas mit ihm angefangen? Entschuldige, das geht mich nichts an."

Carolin schmunzelte „Das ist ein Grund warum es nicht gut gegangen ist. Ich hatte kein Vertrauen in ihn. Er wollte nicht, dass ich seine Wohnung sehe aber einen Schlüssel von meiner Wohnung. Er wollte schon nach zwei Wochen Partner werden, damit wir uns ebenbürtig wären. Und er war sofort gekränkt wenn ich Bedenken hatte. An dem Abend meines Unfalls hatte ich mir vorgenommen die Beziehung zu Max nicht fortzusetzen. Aber! Du musst zugeben, er sieht einfach umwerfend aus." Es war nicht das erste Mal, dass Carolin wieder herzhaft lachen konnte. Das hatte sie Paul zu verdanken. Seit seiner Trennung von Marion hatte er abends Zeit und verbrachte sie bei ihr im Krankenhaus. „Paul, ich wollte mich noch bei dir bedanken. Du hast mich aus meinem Tief geholt und mir Mut gemacht mein Leben positiv zu sehen. Ich kann wieder lachen und habe Hoffnung, dass ich das alles schaffe." Paul war gerührt. Für ihn war es selbstverständlich. „Was mache ich denn jetzt abends? Die Gespräche mit dir werden mir fehlen. Der Dank geht zurück. Du hast mir über Marions Trennung geholfen." Und nach einer Pause. „Sie hat die Scheidung eingereicht. Da wir keine Kinder haben und der Erlös der Wohnung aufgeteilt ist, können wir uns nach dem Trennungsjahr, das wir zurückdatiert haben, in vier Monaten scheiden lassen." Paul atmete tief durch als er aufstand. „Also, dann halt die Ohren steif und ruf mich an wenn du etwas brauchst. Oder wenn du Besuch möchtest." Sie verabschiedeten sich und Paul fuhr traurig nach Hause. Ihm wurde bewusst, wie sehr er Carolin mochte. Sie fehlte ihm jetzt schon.

In der Reha lernte Carolin wie sie alleine vom Bett in den Rollstuhl kommen konnte. Sie lernte sich selbständig anzuziehen und mit dem Rollstuhl über Hindernisse zu fahren. Es war sehr anstrengend. Manchmal weinte sie über ihre Erschöpfung und über das Schicksal, das sie hierher gebracht hatte. Erst abends, wenn sie mit Paul telefonierte, ging es ihr wieder besser. Er machte ihr Mut und brachte sie zum Lachen. Da er viel arbeitete, konnte er erst nach vier Wochen zu Besuch kommen. Es war ein schöner Sommertag als Paul vor der Reha parkte. Da kam auch schon Carolin angefahren. Sie sah gut aus und konnte sicher mit dem Rollstuhl umgehen. Er bewunderte sie dafür. „Hallo Carolin, das sieht ja richtig gut aus. Du siehst richtig gut aus. Lass dich anschauen." Er drehte sie mit Rollstuhl um die Achse. „Danke Paul, aber du siehst müde aus." Paul nickte. „Ja, die normale Arbeit würde mich nicht schaffen, aber das nächtliche Überprüfen von Max Fälle macht mich langsam fertig." Carolin verstand „Paul, ich bin bald wieder einsatzfähig. Ich habe gerade erfahren, dass ich in drei Woche nach Hause fahren kann." Sie freute sich auf zu Hause und über Pauls Besuch. „Das sind wirklich gute Neuigkeiten. Sehr gute Neuigkeiten. Darf ich dich abholen?" Carolin hatte gehofft, dass er das fragte. „Sehr gerne. Aber jetzt gehen wir erst einmal essen. Ich habe reserviert. Nicht weit von hier. Ein Restaurant mit einem schönen Garten." Als Paul noch überlegte wie er Carolin ins Auto bekommen sollte, öffnete sie schon die Tür und schwang sich auf den Beifahrerplatz. Dann faltete sie den Rollstuhl und lachte Paul an. „Kannst du ihn in den Kofferraum packen? Oder willst du mich etwa an den Tisch tragen?" Das war ganz die alte Carolin. Paul verstaute den Rollstuhl im Kofferraum und fuhr los. Der Garten des Restaurants entpuppte sich als „englischer Garten". Sie hatten einen tollen Tisch und das Essen war richtig gut. Carolin trank ein Glas Wein zum Essen und war richtig glücklich. „Weißt du, dass ich heute das erste Mal wieder richtig glücklich bin? Schau wie schön es hier ist. Das Essen war wirklich lecker. Aber das schönste ist, dass du da bist." Paul freute sich auch Carolin wieder zu sehen. Sie hatte ihm gefehlt. Er sprach es einfach aus „Du hast mir gefehlt." Carolin kam um den Tisch herum und sah ihm in die Augen. „Dafür muss ich dich umarmen." Sie umarmten sich. Seine Wange war an ihrer Wange und plötzlich sah er ihr in die Augen und küsste sie. Es war so selbstverständlich wie die täglichen Anrufe. Sie gehörten einfach zusammen. Dann lachten sie und küssten sich immer wieder. Später waren sie in Carolins Zimmer auf dem Sofa. „Du warst mir schon immer sehr wichtig. Das es Liebe ist wusste ich nicht." Carolin nahm Pauls Hand. „Mir geht es genauso. Paul, ich bin glücklich." Paul küsste sie immer wieder und wollte gar nicht mehr nach Hause fahren. Aber um 22:00 Uhr musste er gehen.

Währen dessen grübelte Max immer noch wie er an die Unterlagen der Holding kommen könnte. Da fiel ihm ein, dass jeden Freitagmorgen Carolins Putzfrau kam. Das war die Gelegenheit. Vor Carolins Wohnung musste er lange klingeln. Als er schon dachte, dass er sich vertan hatte, kam jemand an die Tür. Es war eine Frau um die vierzig. Sie sah nicht wie eine Putzfrau aus und so fragte er „Sie sind doch die Putz-Fee von Carolin, nicht wahr?" Die Dame strahlte ihn an. „Ja, das bin ich. Was kann ich für Sie tun?" Max war charmant wie immer und strahlte sie an. „Sie wissen ja, dass Carolin in der Reha-Klinik in Bad Wildungen ist. Nun, ich bräuchte ein paar wichtige Unterlagen. Sie wollte an diesem Abend, als der Unfall passierte, darin lesen." Nun machte er ein trauriges Gesicht. „Die Arme. Sie ist so eine tolle Frau, nicht wahr?" Die Putz-Fee stimmte ihm zu. „Die Unterlagen liegen in ihrem Schreibtisch. Darf ich kurz nachsehen?" Frau Waldmann, die Putz-Fee, war unsicher. Sie kannte den Mann nicht, aber alles was er erzählte, stimmte. Deshalb meinte sie. „Ich rufe kurz bei Frau Grund an, dann können Sie herein." Max wollte das auf keinen Fall. „Hören Sie, Carolin hat heute noch einmal eine wichtige Untersuchung, da sollten wir sie nicht stören. Hier, sehen Sie meinen Ausweis. Ich bin Partner bei der Versicherung Schenker." Er zeigte ihr seinen Schenker-Ausweis, den jeder Mitarbeiter bekommt um in die Büroräume zu gelangen. Das überzeugte Frau Waldmann und sie ließ ihn rein. Max suchte im Schreibtisch nach dem Partnervertrag. Als er schon aufgeben wollte fiel sein Blick auf den Tresor. Er hatte auch hier gut aufgepasst und kannte den

Code. Er musste Frau Waldmann loswerden, sie stand an der Tür und schaute ihm zu. „Frau ? Entschuldigen Sie, ich habe ihren Namen vergessen?" Frau Waldmann nannte ihren Namen. „Würden Sie mir bitte ein Glas Wasser bringen? Mir ist gerade etwas schwindelig." Als Frau Waldmann in die Küche eilte, öffnete Max den Tresor und stopfte alle Papier in seinen Aktenkoffer. Er konnte gerade noch die Tresortür schließen als sie mit einem Glas Wasser zurückkam. Max trank das Glas leer, bedankte sich und verschwand.

Er las das ganze Wochenende die Papiere und war fassungslos. Carolin war tatsächlich als Partner eingestellt worden, von ihrem eigenen Großvater! Und seit zwei Jahren gehörte ihr die Versicherung. Es gab keine Holding! Jetzt verstand er auch, dass es keine Adresse gab. Die Holding bestand aus Mutter und Tochter. Sie hatte ihn die ganze Zeit angelogen. Carolin war Schenker. Die Versicherung gehörte ihr. Deshalb die Idee mit der Holding. Er musste lächeln. Meine Schöne, ich habe dich unterschätzt. Zuerst war er wütend, dann erstaunt und zum Schluss frustriert. Er hatte den Goldhasen im Stich gelassen. Wenn er vorher gewusst hätte, dass Carolin so reich ist, hätte er sie auch mit Rollstuhl lieben können. Ihm war klar, dass er die Papiere unbedingt zurück in ihre Wohnung bringen musste. Er würde einfach wieder am Freitagmorgen zu Frau Waldmann gehen und sie wieder ablenken. Carolin durfte nicht erfahren, dass er jetzt Bescheid wusste. Er verstaute die Papiere in seinem Aktenkoffer. Dann überlegte er wie er wieder Kontakt zu ihr aufnehmen könnte. Er hatte sich die ganze Zeit nicht gemeldet. Nach einem Glas Wein schrieb er ihr auf WhatsApp eine Nachricht.

Als Carolins Handy piepste, dachte sie, dass Paul wieder eine Liebesbotschaft schickte. Sie war ziemlich überrascht als sie sah, dass es Max war. Und noch überraschter war sie über die Nachricht selbst. Wie kam er dazu anzunehmen, dass sie immer noch an einer gemeinsamen Zukunft interessiert war? Er hätte ihr Zeit lassen wollen. Für was? Sie schüttelte den Kopf und löschte die Nachricht. Dann nahm sie das Handy noch einmal und löschte Max aus ihren Kontakten. Unglaublich dieser Mann. Dann piepste es noch einmal, es war ein Herz von Paul. Sie schickte Küsse. Das Leben war wieder schön für Carolin. Ihr neues Leben war kein Problem mehr für sie. Ein Blick auf die Uhr sagte ihr, dass sie gleich eine Physiotherapie hatte und so schaltete sie das Handy ganz aus.

Paul rief wie jeden Abend um 21:00 Uhr an. „Hallo mein Schatz, wie war dein Tag?" Carolin erzählte von ihren Übungen, Gesprächen und Ausflügen. Dann erwähnte sie noch die Nachricht von Max. „Wie kommt er dazu, sich jetzt nach fast zwei Monaten zu melden? Hast du ihm nicht erzählt, dass wir ein Paar sind?" Paul verneinte. „Hätte ich es ihm sagen sollen? Wann und wie? Wir sprechen uns nur geschäftlich. Ansonsten ist der Fall Max für mich erledigt. Ich möchte ihm kündigen, sobald du wieder im Büro bist. Aber wir brauchen trotzdem Verstärkung. Wenn du einverstanden bist, werde ich eine Kanzlei damit beauftragen. So einen Reinfall möchte ich nicht mehr erleben. Sie sollen uns einen Mann oder eine Frau suchen, die zu uns passt." Carolin war ganz seiner Meinung. „Paul, du kannst ohne mich entscheiden. Das steht sogar in deinem Vertrag." Paul lachte. „Den muss ich beim Umzug verloren haben. Aber du hast ja sicher eine Kopie und weißt besser als ich was da drin steht." So war Paul. Er vertraute ihr und machte einfach seine Arbeit. „Ach Paul, was würde ich ohne dich tun?" Paul wollte das gar nicht hören. „Du machst mich glücklich. Ich freue mich auf Freitag. Wann soll ich dort sein?" Carolin sagte, dass sie um 9:00 Uhr ihr Abschlussgespräch und bis dahin schon alles gepackt hätte. Sie konnte es kaum erwarten wieder zu Hause zu sein. „Bin ich froh, dass die restlichen drei Wochen so schnell vorüber gingen. Ich freue mich auch. Schlaf schön." Es dauerte noch ein paar Minuten, bis die Küsse hin und her gerufen wurden. Dann legte sie auf. Gleich darauf klingelte es erneut und sie lachte ins Telefon. „Hast du etwas vergessen?" Sie dachte, es sei Paul. „Ja, ich habe vergessen, wie schön es mit uns war. Hallo Carolin. Wie geht es dir?" Carolin atmete tief ein „Max, was willst du?" Max tat so als ob er das nicht gehört hätte. „Ich hatte Zeit über uns nachzudenken. Es war ein Fehler, dass ich dir nicht zur Seite gestanden bin. Das weiß ich jetzt. Es tut mir schrecklich leid. Ich habe mich benommen wie ein Idiot. Darf ich dich besuchen?"

Carolin seufzte „Du musst es ja irgendwann erfahren. Ich bin mit Paul zusammen." Max verstand nicht „Paul ist dein bester Freund, das weiß ich." Sie musste also deutlicher werden. „Ich liebe Paul. Wahrscheinlich schon immer. Er war jeden Tag bei mir im Krankenhaus. Er hat jeden Tag angerufen seit ich in der Reha war. Als er mich dann hier besucht hat, ist uns klar geworden, dass wir uns lieben." Es war still geworden am anderen Ende der Leitung. „Max, es tut mir leid." Max sah alle Felle davon schwimmen. Da kam wieder seine dunkle Seite zum Vorschein. „Bist du sicher, dass Paul nicht nur aus Mitleid so handelt? Oder weil du eine gute Partie bist?" Carolin legte einfach auf. Sie würde gleich nächste Woche zur Arbeit gehen und ihm fristlos kündigen. Gerne würde sie etwas zahlen um ihn nicht mehr zu sehen. Sie telefonierte nochmal mit Paul.

Ausgerechnet Max, begegnete Paul als erstes, als er ins Büro kam. Dieser spöttelte sofort „Du bist ja ein ganz schlauer. Hast deine Alte abserviert um an das Goldkehlchen zu kommen. Gut gemacht. Hat wohl geklappt deine Mitleidstour. Seit wann weißt du es?" Die unverschämte Anmache machte Paul wütend „Was meinst du mit Goldkehlchen und was soll ich wissen?" Max lachte sarkastisch. „Du hast gewusst, dass es keine Holding gibt in Amerika. Die Versicherung gehört Carolin. Deshalb kümmerst du dich so um sie. Sehr schlau. Hast du dir das gut überlegt mit der Behinderung? Ob es das ganze Geld wert ist?" Jetzt wurde es Paul aber zu bunt. Er sprang auf und packte Max am Kragen. Bevor er nachdenken konnte hatte er ihm zwei Ohrfeigen verpasst. „Verschwinde! Sofort! Ich kündige dir fristlos." Max lachte. „Darfst du das überhaupt? Wir haben gestern Abend ganz nett geplaudert. Vielleicht bekomme ich ja noch eine Chance bei ihr?" Paul atmete tief durch und rief nach Helen. „Helen, bitte begleite Max in sein Büro. Er nimmt nur seine persönlichen Dinge mit. Er verlässt uns jetzt sofort. Der Sicherheitsdienst kommt gleich zur Übergabe." Bevor Max sich umdrehte hielt Paul ihn noch einmal fest. „Schlüssel und Ausweis!" Paul hielt die Hand hin. Max verzog das Gesicht und übergab ihm seinen Ausweis und die Schlüssel. Der Sicherheitsdienst begleitete Max nach draußen. Er durfte keine Papiere mitnehmen, nur seine Jacke. Helen ordnete daraufhin das verlassene Büro und brachte Paul alle Akten, die sie in dessen Schreibtisch fand. Paul wusste nicht wie er die Arbeite schaffen sollte, aber er hätte Max keine Sekunde länger ertragen. Helen sah wie es ihm ging und fragte „Paul, wir arbeiten schon so lange zusammen. Kann nicht ich Ihnen einige Fälle abnehmen?" Paul war für Helens Hilfe sehr dankbar. „Trauen Sie sich das zu?" Helen nickte und lächelte. „Ich werde Sie nicht enttäuschen." Paul gab ihr drei Fälle, von denen er meinte, dass Helen sie bearbeiten konnte. Als er allein war, rief er Carolin an und erzählte was vorgefallen war. „Carolin, ist es wahr, dass dir die Versicherung gehört? Allein? Ich verstehe das nicht." Carolin fragte sich, woher Max das wissen konnte. Aber zuerst musste sie sich Paul erklären. „Paul, ich wollte es dir schon längst sagen. Ich hatte aber Angst, dass du dich dann von mir zurückziehen würdest. Ja, meine Mutter hat mir vor zwei Jahren die restlichen Anteile überschrieben. Nach Großvaters Tod bekam Mutter 80 % und ich 20 % von der Versicherung." Paul musste das alles erst einmal verdauen. „Deshalb zahlst du auch so gute Gehälter? Du willst gar nicht so viel Gewinn machen?" Carolin merkte, dass Paul wirklich überrascht war. „Kannst du mir verzeihen?" Paul war noch durcheinander. „Was soll ich denn verzeihen? Dass du dich schützen wolltest? Wie man an Max sieht hattest du allen Grund dazu." Carolin war erleichtert. „Danke, dass du das verstehst. Aber wie hat Max das herausgefunden? Meine Unterlagen liegen zu Hause in meinem Tresor." Paul fand das auch merkwürdig. „Du glaubst doch nicht, dass er eingebrochen ist?" Carolin glaubte das nicht, denn das Hochhaus war sicher. Da hatte sie eine Idee. „Ich habe ihm erzählt, dass ich eine Putzfrau habe, die jeden Freitag kommt. Meinst du er war dort? Ich rufe sie an und melde mich wieder. Bis gleich." Paul traute Max alles zu.

Nachdem Carolin aufgelegt hatte sortierte Paul die Unterlagen. Und da lagen sie. Die Verträge, das Testament und alle anderen persönlichen Papiere von Carolin. Max hatte sie in seinem Büro! Unfassbar. Da klingelte es wieder. „Paul, er war tatsächlich in meiner Wohnung. Er hat Frau Waldmann angelogen und meine Papiere aus dem Tresor gestohlen. Was sollen wir jetzt machen?" Paul beruhigte sie. „Ich habe gerade die Unterlagen durchgesehen, die Max in seinem Büro hatte. Deine Unterlagen sind hier. Ich habe sie gefunden. Das Testament, die Verträge. Alles." Carolin war erleichtert. „Gott sei Dank. Wenn sie schon mal auf deinem Tisch liegen, dann möchte ich, dass du sie liest. Alle. Ich habe keine Geheimnisse vor dir." Paul war sprachlos. „Bist du dir sicher?" Carolin war sich sicher. „Ich vertraue dir. Weil ich dich liebe." Sie verabschiedeten sich herzlich und Paul verstaute die Papiere sicher in seinem Safe. Von einer Anzeige wollten sie absehen, da die Papiere wieder da waren.

Freitagmorgens war Paul pünktlich in Bad Wildungen. Er hatte gerade geparkt, als Carolin schon von weitem winkte. Ihre Tasche hatte sie praktischerweise auf dem Schoß. Sie strahlte mit der Sonne um die Wette. „Hallo mein Schatz, endlich darf ich nach Hause." Sie küssten sich zur Begrüßung und Paul lud Carolins Sachen ins Auto. Carolin selbst war noch geschickter geworden mit dem Übersetzen ins Auto, so dass Paul nach der Tasche auch gleich den Rolli einpackte. Im Auto küssten sie sich wieder. „Schön, dass es dir so gut geht. Du siehst wirklich super aus." Carolin bedankte sich und freute sich auf die Fahr. Paul konnte seinen Blick nicht auf der Straße lassen, er musste sie immer wieder ansehen. Sie erzählte von ihren Erfahrungen und Begegnungen in der Reha und sprudelte fast über vor Lebensfreude. Das machte ihn sehr glücklich. Er drehte die Musik lauter und sie sangen die Lieder mit. Leider konnte er nicht mehr reagieren als von rechts ein

Traktor auf die Landstraße einbog. Er war auf der Vorfahrtsstraße, wie hätte er ahnen können, dass der Traktorfahrer nicht schaute. Paul wollte nach links ausweichen, aber es reichte nicht. Mit der rechten Seite erfasste ihn der Traktor. Es krachte fürchterlich, Carolin schrie entsetzlich auf. Dann war es ruhig. Als er zu Carolin schaute, war sie blutüberströmt und stöhnte. „Oh Gott, Carolin, sag etwas. Bitte sag etwas!" Er rief sofort die Notleitzentrale an. Dann sprach er immer wieder mit Carolin und tupfte ihr Blut aus dem Gesicht. Die Zeit bis der Rettungswagen kam, war die längste die Paul je erlebt hatte. Immer wieder sagte er Carolin, dass es ihm leid tue und dass er sie liebt. Sie müsse bei ihm bleiben. Er weinte und bettelte. Dann endlich wurde die Tür aufgerissen und Carolin versorgt. Die Feuerwehr schnitt den Wagen auf damit man Carolin bergen konnte. Paul war so durcheinander, dass der Notarzt ihm eine Beruhigungsspritze gab. Er nahm Carolins Tasche und Rollstuhl aus dem Wrack. Der Polizist fuhr mit ihm hinter dem Rettungswagen her. Im Krankenhaus wurde Carolin sofort geröntgt und versorgt. Nach einer endlos langen Stunde kam ein Arzt zu Paul. „Guten Tag, sie sind der Lebensgefährt von Frau Grund? Ich bin Dr. Frank." Paul nickte. „Wie geht es ihr?" Der Arzt legte seine Hand auf Pauls Arm. „Sie hat eine Gehirnerschütterung, eine Woche Ruhe und dann ist alles wieder gut. Die äußeren Verletzungen am Kopf waren nicht schwer, wir haben sie genäht. Wenn man am Kopf verletzt ist, blutet man stark, so dass es meistens schlimmer aussieht als es ist. Ansonsten hatte sie wahnsinnig Glück. Es ist nichts gebrochen." Paul war so erleichtert, am liebsten wäre er Dr. Frank um den Hals gefallen. Stattdessen weinte er vor Glück. „Und die Verletzung an der Wirbelsäule?" Als der Arzt ihn verständnislos ansah, zeigte Paul auf den Rollstuhl. „Sie ist querschnittsgelähmt. Ich habe sie gerade aus der Reha abgeholt." Dr. Frank beruhigte ihn. „Alles in Ordnung. Sie können jetzt zu ihr. Aber dann braucht sie viel Ruhe." Paul nahm die Tasche und den Rollstuhl und brachte beides auf die Station. Als er sie sah, krampfte sich sein Herz zusammen. Es tat ihm so leid. Er fühlte sich schuldig, weil er nicht besser aufgepasst hatte. Da kam schon eine Schwester und schickte ihn hinaus. Vor dem Krankenhaus wartete der Polizist auf ihn. Er hatte noch ein paar Fragen und sagte ihm wo das Autowrack stand. Dann bracht er ihn in das nächste Hotel.

Wie sich herausstellte hatte der Traktorfahrer das Auto übersehen und war einfach auf die Landstraße gefahren. Doch Paul machte sich dennoch Vorwürfe. Wenn er sich besser konzentriert hätte, wäre es vielleicht nicht passiert. Am nächsten Tag war Carolin schon wach als er kam. „Hallo Paul. Mit mir hast du nicht so viel Freude." Paul nahm ihre Hand. „Es tut mir so leid. Ich hätte besser aufpassen müssen." Carolin schüttelte den Kopf. „Paul, du hast keine Schuld. Der Traktor ist einfach rausgefahren. Ich habe es noch gesehen, aber ich konnte dich nicht mehr warnen. Es ging so schnell." Paul ermahnte sie, sich nicht aufzuregen. Sie lächelte schon wieder.

„Das Gute ist, ich habe mir nichts gebrochen. Ich kann in einer Woche wirklich nach Hause." Paul rief anschließend sofort Gerda an und berichtete ihr von dem erneuten Unfall. Aber dieses Mal brauchte sie nicht zu kommen. Gerda konnte mit Carolin telefonieren.

Während der Mittagszeit musste Paul die Station verlassen. Alle Patienten brauchten Ruhe. Paul ging einkaufen. Er hatte sich seit dem Vortag nicht mehr geduscht und brauchte Duschsachen und neue Kleider. Als er frisch geduscht bei der Station ankam, war Carolin nicht in ihrem Zimmer. Er war so erschrocken, dass er keine Luft mehr bekam. Was war hier geschehen? Die Schwester wusste auch nichts Genaues. Er müsse auf Dr. Frank warten. Dieser hatte nach einer erneuten Untersuchung heute Mittag ein MRT von der Wirbelsäule gewollt.

Paul war entsetzt. Vielleicht war doch etwas gebrochen? Das würde er sich nie verzeihen wenn Carolin jetzt schlimmer dran wäre als vorher. Er machte sich Sorgen und Vorwürfe. Immer wieder sprach er die Schwester an, aber sie wusste weder wann Carolin auf die Station zurückkommt, noch wie es ihr ging. Als Paul kurz vor einem Nervenzusammenbruch war kam die Schwester auf ihn zu. „Ich hole jetzt ihre Lebensgefährtin, die Untersuchungen sind fertig. Wir sind gleich da." Paul war erleichtert. Wenn die Schwester so munter klingt, würde es wohl nicht so schlimm sein. Er lief vor den Aufzügen hin und her. Endlich, da kam die Schwester mit Carolin.

„Hallo mein Schatz, was ist denn los? Ist doch etwas gebrochen?" Carolin sah Pauls erschrockenes Gesicht. „Paul, ganz ruhig. Dr. Frank wollte mich aufgrund meines vorausgegangenen Unfalls intensiver untersuchen. Wir haben ein MRT und CT von meiner Wirbelsäule gemacht. Dann hat er meine Bein-Reflexe getestet. Übrigens habe ich tatsächlich darauf reagiert." Bevor sie weitersprechen konnte schrie Paul dazwischen „Du hast etwas gespürt?" Da wurde auch Carolin erst bewusst was das bedeutete. Sie hatte wieder Gefühle in den Beinen. Mechanisch antwortete sie „Ja, ich habe die Schläge gespürt. Das war mir gar nicht klar. Ich habe nur meine Beine angeschaut und sie fliegen sehen." Paul war nicht zu bremsen. „Was hat Dr. Frank gesagt? Ich meine, er hat doch mit dir darüber gesprochen?" Carolin lächelte „Paul beruhige dich. Er hat gesagt er wolle mit einem Kollegen telefonieren und mir dann das Ergebnis der Untersuchung erklären." Mittlerweile waren sie zusammen in Carolins Zimmer angekommen. Paul hielt ihre Hand und küsste sie immer wieder. Er musste sich vergewissern, dass es ihr gut ging. Dann klopfte es und Dr. Frank kam herein. Er strahlte. Das musste eine gute Nachricht sein. Er nahm sich einen Stuhl und setzte sich zu Carolin. „Liebe Frau Grund, mein Verdacht hat sich bestätigt. Die Quetschung, die sie nach ihrem ersten Unfall hatte, hat sich ganz zurückgebildet. Jetzt konnte man auch sehen, dass die Nerven nicht durchtrennt sind. Ich würde ihnen raten sofort wieder in die Reha zu fahren und ein Lauftraining aufzunehmen." Er machte eine Pause, damit Carolin und Paul die Nachricht verdauen konnten. „Da hat dieser Unfall ja etwas richtig Gutes gehabt." Er klopfte Paul auf die Schulter, nickte Carolin zu und ging. Paul riss Carolin in seine Arme und lachte. „Mein Schatz, du wirst wieder laufen können. Ist das nicht die schönste Nachricht deines Lebens?" Carolin lag in seinem Arm und weinte. Als sie sich wieder beruhigt hatte, sagte sie „Ich möchte nicht mehr in die Reha. Könntest du herausfinden ob ich in Frankfurt oder Umgebung eine ambulante Reha machen kann? Die Arbeit fehlt mir und ich möchte in deiner Nähe sein." Paul versprach sich darum zu kümmern.

Zwei Tage später hatte Paul alles organisiert. Carolin konnte jeden Nachmittag zur ambulanten Reha in ein Frankfurter Krankenhaus kommen, die auf solche Fälle spezialisiert waren. Trotz Gehirnerschütterung durfte sie nach Hause. Sie sollte sich noch eine Woche schonen und dann dürfe sie wieder „laufen lernen". Und so kam es dann auch. Paul blieb selbstverständlich in Carolins Wohnung und half ihr wo er konnte. Es hatte sich herausgestellt, dass Helen ein wirklich guter Ersatz für Max war und sie beschlossen Helen zu fördern und eine neue Sekretärin einzustellen. Dann kam der Morgen an dem Carolin das erste Mal mit Rollstuhl im Büro erschien. Alle Mitarbeiter standen Spalier und klatschten als sie aus dem Aufzug rollte. Sie war sehr gerührt. Es fühlte sich richtig gut an wieder ihre Arbeit zu tun. Am Nachmittag brachte Paul sie dann zum Krankenhaus und holte sie abends wieder ab. Sie machte schnell Fortschritte. Am Anfang trainierte sie an einem Reck immer wieder die Beine zu heben. An Laufen war da noch gar nicht zu denken. Zwei Wochen später dann übernahm ein Computer ihre Laufbewegungen „damit sich das Gehirn wieder daran erinnert". Dann nach sechs harten Wochen konnte sie am Reck tatsächlich zwei Schritte gehen. Sie war so überwältigt von diesen Schritten, dass sie in den Armen des Therapeuten hemmungslos schluchzte. Er beruhigte sie und sagte immer wieder, dass sie wieder laufen können würde. Paul holte sie wie jeden Abend wieder ab. Als sie in Carolins Wohnung kamen hatte Paul schon den Tisch gedeckt und etwas gekocht. Sie aß mit großem Appetit. Da holte Paul zwei Gläser Champagner und lächelte ihr zu. „Auf dich mein Schatz und dass alle deine Wünsche in Erfüllung gehen." Carolin strahlte. „Ich bin schon glücklich, denn ich habe den besten Mann der Welt gefunden und bald kann ich wieder laufen." Erst jetzt sah sie, dass in dem Glasboden etwas lag. Sie trank vorsichtig einen großen Schluck und fischte mit der Gabel einen Ring aus dem Glas. Paul lächelte, nahm ihn ihr ab und kniete sich nieder. Er nahm Carolins Hand und fragte „meine liebe Carolin, wir kennen uns schon so lange, wir sind beste Freunde, Kollegen und seit genau vier Monaten und zwei Tagen auch ein Liebespaar. Willst du mich heiraten?" Dann steckte er ihr den wunderschönen Saphirring an den Finger. Carolin schaute von dem Ring zu Paul und umarmte ihn stürmisch. „Und ob ich will! Ich liebe dich. Ohne dich hätte ich das alles nicht so leicht geschafft. Mit dir schaffe ich alles!"

Nach Pauls Scheidung heirateten Carolin und Paul unter der Sonne Floridas. Carolin lief auf ihren eigenen Beinen zum Altar…..in ein neues Leben.